康宇辰 编

年龄的赠礼

大学生创意写作作品选

四川大学出版社

图书在版编目（CIP）数据

年龄的赠礼：大学生创意写作作品选 / 康宇辰编. 成都：四川大学出版社，2024.8. -- ISBN 978-7-5690-7001-9

Ⅰ．Ⅰ217.1

中国国家版本馆CIP数据核字第2024111BG2号

| 书　　名：年龄的赠礼：大学生创意写作作品选 |
| Nianling de Zengli: Daxuesheng Chuangyi Xiezuo Zuopinxuan |
| 编　　者：康宇辰 |
| 出 版 人：侯宏虹 |
| 总 策 划：张宏辉 |
| 选题策划：王　冰 |
| 责任编辑：张伊伊 |
| 责任校对：毛张琳 |
| 装帧设计：墨创文化 |
| 责任印制：王　炜 |
| 出版发行：四川大学出版社有限责任公司 |
| 　　　　　地址：成都市一环路南一段24号（610065） |
| 　　　　　电话：（028）85408311（发行部）、85400276（总编室） |
| 　　　　　电子邮箱：scupress@vip.163.com |
| 　　　　　网址：https://press.scu.edu.cn |
| 印前制作：四川胜翔数码印务设计有限公司 |
| 印刷装订：四川省平轩印务有限公司 |
| 成品尺寸：148 mm×210 mm |
| 印　　张：12.625 |
| 字　　数：223千字 |
| 版　　次：2024年8月 第1版 |
| 印　　次：2024年8月 第1次印刷 |
| 定　　价：58.00元 |

本社图书如有印装质量问题，请联系发行部调换

版权所有 ◆ 侵权必究

扫码获取数字资源

四川大学出版社
微信公众号

经典优游与创意操练

——谈我在四川大学教写作的经验与思考

康宇辰　四川大学文学与新闻学院

我在四川大学教写作，是从 2021 年秋天开始的。川大作为一所历史悠久且有强大文科传统的大学，在写作教育上本有长期的传统。民国年间，各种各样的文人学者都曾在此流连，校园内外自然蕴含着一种海纳百川、兼容新旧，而又充满本地风光的文章趣味。新中国成立后川大经历了全国的院系调整，其文科各系都被要求开设写作课。这样一来，川大中文系就在 1960 年成立了写作教研室。该教研室长期从事写作的教研，直至 2001 年与现当代文学教研室合并。

但四川大学的写作教育并未到此终止。随着近年来发端于美国大学的"创意写作"这一专业方向在当代学院中不断展开，并被多所国内高校看重、引进、实验，国内这类长期的教学探索推动了创意写作本土化的进程。2024

年初,"中文创意写作"正式被列为中国语言文学类二级学科。在这样的时刻,或许是冥冥中自有因缘,四川大学那本就有着悠长传统的写作教育,又看到并踏上了更为广阔的实践向前之路。

一、再谈写作可教与否

所谓"中文系不培养作家"这个著名观点,大约可以追溯到西南联大当时的中文系主任罗常培,也在之后的漫长岁月里被反复提及和辨析。应该说,写作的起步阶段是需要教的(这在中小学阶段应该打好底子),但天才作家从来不会仅仅因为写作训练就必然诞生。中文系的意义,在我看来是给大学生以基本的知识、素养和技能,但伟大作家确实不是仅靠学院课程和培养方案就能产生。

"写作可教与否",这是个前提性的问题,它决定了我们是否要开设写作课,以及写作课的讲授内容和训练方式。我在大一写作课的课堂之初,总是会这样去厘清写作教学的可能与不可能:写作需要的因素可以说有三个方面——第一是心智,第二是世界,第三是经典。写作需要一个写作的主体,把经验的世界剪裁变形并表达呈现;写作需要世界上尽可能丰富而综合的经验、感受、思考、行动,这些是写作的材料和源泉;写作作为一门技艺,需要

"观千剑而后识器，操千曲而后晓声"，要学习前人优秀的写作成果，也就是经典。同时经典的学习不仅有技术的训练，更有心智养成和修养提升，它其实也会反过来养育心智和更新对经验世界的感受理解。因此，我们的写作课基于中学的语文基础，尤其着重在文学经典的揣摩学习，由此或可促进心智的养成和表达的技艺，至于世界所给予每个个体的生命经验，则是课程给不了的写作材料。

一方面，既然写作里真正可以教的其实是"从经典中学习"这一向度，那么我的写作课程的重要一环就是较为广泛而兼收并蓄地选择研读的经典文学文本。我希望同学能在课里课外拓宽阅读视野，找到自己的"文学知己"。所谓"文学知己"，就是和你的世界观与写作风格相契合，但水平和经验远远超过你，因此能给你的写作带来滋养和进步的作家作品。这样的作家对同路人的养育是全方位的，除了帮助你获得语言的敏感和技艺，还会从其人格和生命理解上启发和塑造你，并告诉你更多新鲜的（当然一般是二手的）世界经验。最终，这样的学习其实可以在三个要素的方向上都有增益。

另一方面，为了益智、广见闻、增思考的阅读和历世，其实不仅仅对写作起作用，而且也正是人文类教育的重要养育功能。在文学教育上我喜欢综合的方式，修辞和心智、语言和经验、想象力和理解力，全都一起来，彼此交织，互相增益。创意写作是文学技术和想象力的训练，但我觉得创意写作本土化里重要的一点，就是在与中国古老的文章学传统和儒家修养的碰撞融合中达到新的深度。那么所谓"知人论世""言志与载道""修辞与修养"都是必须重新考虑的教育方法。如果根基不厚、理解力不到位，那么想象力可能是斑斓的，却不免脆弱而空泛。只有长期自觉进行全面的自我养育，写作能力才有厚重的根基。这些事情，在可教与不可教之间，需要写作教学的实践者自觉地意识到。

二、课堂的组织：基于大班教学的经验

就我目前主讲过的写作课而言，大班教学仍是四川大学本科写作基础课程的常态。我负责的三轮"写作理论与实践"基础课程，是文学与新闻学院的中文系学生必修课，一般开设于大学一年级的秋季学期，人数总是超出一百人。写作基础课处于大学本科第一学期，这样一来，就会涉及高中到大学的过渡和衔接问题。具体来说，大一的写作课程需要在学习习惯和方法、文章观念和训练、同学认知和心态等方面从中学状态转换为大学生的应有状态。

为讲清目前大班教学的写作课的进行方式，在此以2023年秋季学期本人的"写作理论与实践"课程设计为案例，试图通过教学安排来更清楚地说明。

"写作理论与实践"课程安排

选课人数：114人，大一新生为主

课时：每周3节，实际上课15周

【写作基础】

第一次　开场白＋写作基础（上）

第二次　写作基础（下）＋课堂摸底作业

【小说写作】

第三次　小说分析（提供篇目，老师分析，再布置小说分析作业）

第四次　摸底作业评讲＋小说写作作业布置＋写法教学

第五次　小说分析评讲（从同学的分析作业中选讲）

【诗歌写作】

第六次　诗歌分析（提供篇目，老师分析，再布置诗歌分析作业）

第七次　诗歌写作作业布置＋写法教学

第八次　诗歌分析评讲（从同学的分析作业中选讲）

【略讲：散文写作、学术写作、写作理论】

第九次　散文略讲

第十次　写作理论＋学术写作

【写作作业评讲、总结、期末考试】

第十一次、第十二次、第十三次　优秀作业展示和评讲

第十四次　课程总结与答疑

第十五次　随堂闭卷考试

需要说明的是，该学期的分析作业有两次，小说和诗歌各一次，学生只要从中选一次提交分析作业即可；写作作业也有两次，小说和诗歌各一次，学生只要从中选一次提交作品即可。也就是说，平时的课后作业包含一个分析

作业，一个创作作业。另有开学的课堂摸底写作一次，期末的闭卷命题写作一次。

一百人以上的大班教学，一学期两次作业（文本分析、文学创作各一次）、两次测试（摸底测试、期末测试各一次），对于老师来说是要求较高的。本来，创意写作类课程最好能形成小班圆桌教学和研讨的形式，这样老师和同学之间、同学互相之间的写作交流会更多，无形中促成向其他每一个人学习和良性竞技的氛围。但一百人很难做到。我的一个折中办法是：按照学生的写作文类和题类分写作小组，每个小组六七人，同文类的、同题目的往往分在一起，在学生写好作业以后，先组内互评（每个同学都必须对本组其他同学的作品给出简要评语），然后老师打分并给出简单的评语。这是一个有效的方法，既可以使得同学之间增进交流，互相启发，又可以提升学生的上课主动性，老师也不是权威，而只是评议者中相对有经验的一位。要用流行的话，也算个"翻转课堂"的变体吧。重要的是，写作不该是"独学而无友"的状态，一组同学写同题作文，互相学习中能有更大的收获，这也提高了大班写作课的效率。

此外，课程相关的网络交流平台也很有用。比如

2023年秋季学期，本班会把每次的优秀作业发在川大的创意写作交流公众号"川江变奏"上，方便同学们看到好的作业案例，这也会相当程度地唤起一些同学自己尚未发现的写作潜能。

三、从经典中学习

2023年秋季的"写作理论与实践"，我试图教会学生去把握两种文类：小说和诗歌。这两个文类我做的专题讲授设计都是三次课的量。具体如下：

第一次课，我和学生一道分析小说/诗歌的范例文本，之后布置同文类的一些文本让学生选择一篇做分析作业。

第二次课，布置该文类的创作大作业并进一步谈论写法问题。

第三次课，选出好的学生文本分析作业进行交流和讨论。

小说、诗歌这两个专题六次课安排在学期尽早的时候，给学生足够的时间进行创作和互评，然后收上来打分评价，再将其中优秀的范例安排在学期末的三次作业展示和评讲课上交流。

从分析典范文本入手教写作，是基于很传统很朴素的学艺方法：描红。生活是宽广的，自我是深曲的，但不管怎么拿自我的视点对生活的经验进行剪裁取舍，基本的结构文章和使用修辞、设计叙事的能力都得有。我一般用诗歌举例教基本的修辞方法，用经典短篇小说教叙事的基础技术。我选用的范本往往出自中国现当代文学和现代以来的世界文学经典。我们的课堂共读，也不是从文学史或思想文化出发，而是力图从写作的方法这一维度展开分析和学习。

举例来说，我在2023年秋季的小说写作部分，提供的范本之一是美籍犹太裔作家艾萨克·辛格的《傻瓜吉姆佩尔》。我这学期的方法是：首先布置此作品为分析作业的对象文本，让学生从写法的角度来分析其特色。之后我会在课堂上邀请分析有特色的学生就着自己的作业进行发言，然后我再来与之对话，并讲授我的观点。在我的对话和总结的讲课里，尤其会提出几条分析的思路：第一，为什么这个故事要选择以吉姆佩尔为视点的第一人称限制叙事来进行小说写作？这会关联到很多问题：如第一人称限制叙事的优点和效果，以及不可靠的叙事者来叙述故事会发生的阅读功效……这些会关联到小说的主题构思，也就是第二个问题，即吉姆佩尔为什么被称作"傻瓜"？作者对他的傻瓜言行的态度是什么？这一切又想要表达什么？然后我们会自然地谈论到情节如何围绕傻瓜言行和傻瓜视点来编织和推进，最后的问题是：不可靠的叙事者吉姆佩尔的主观虔诚和绝对的相信的意义何在？我会和学生们聊到吉姆佩尔的天国和圣徒艾尔卡仅仅存在于他的第一人称不可靠限制叙事里——这也是小说形式的力量：天国有没有不知道，但吉姆佩尔主观相信，它也就在吉姆佩尔的叙事中真的存在。小说的判断和理解不是乐观也不是悲观，而是那么复杂地游走在悲喜的世界的边界之处。由此，小说艺术能通过其形式告诉人一些理解人性和世界的辩证和曲折，这也就是文学不可替代的意义之一。

在讲授《傻瓜吉姆佩尔》时，我必须做的是让学生们从小说的形式和写法分析开始，但这不是技术讨论那么单一，而是从形式分析抵达它的表现意图，最后抵达意义的世界。有形式和通过形式恰如其分地给出的思想，二者之间水乳交融，互相增益，这就是理想的小说艺术的一个范本。其他文类的分析，如诗歌的分析，我也大致采取从写法和形式到意义和效果的思路来展开讲解与讨论。举出《傻瓜吉姆佩尔》的研读作为例子，我们可以看出写作是一种综合性的劳动，形式设计、内容传达和主题命意三者从来是互相牵连的关系。与之对应的写作者综合素质养成，也是语言和形式、创意和修养的综合。从对经典的研习中获取这两层能力，是我在川大实验写作课方法和培养学生写作能力的两个目标。其中操作起来最容易的可能是语言表达能力，而见效最慢的大概是修养的形成。一个学期以后，学生或许看了一些名家名作，知道文学审美的丰富多样，但是并不能因此就写出和榜样看齐的文章来，也就是所谓"眼高手低"。在我看来，这其实是一个可以辩证看待的结果。首先，审美眼界的养成是写作一个重要的底层建设。没有好审美，空有好技术，炫才炫技，长远来看不是写作的好状态。其次，好的审美会让一部分有心的学生知道自己的限度，但须知"眼高手低"者中，总有少数将来有达成"眼高手高"的可能。而"眼低"的时候，手则决然高不起来。所以作为一门大一上期的打基础的课，"写作理论与实践"更希望的是让多数学生从优游于经典而入文学之门，包含鉴赏和基本的表达能力的获得。而少数学生如果在这个起点处提高了眼界，愿意继续在创意类写作中前进，那么本课程也能给他们一些基础和方法，一些远景和兴趣。如此，大概就是大一写作基础课比较务实可行的目标和愿望了。以上都是一些整体性的关于目标与方法的个人经验，以下则进入具体的文类教学。在这方面，我重点谈小说和诗歌写作的经验与思考。

四、小说教学的方法和意图

小说可能是最典型和可教的一种文学体裁。我教小说写作的时候，最重视的其实是叙事方法的讲解。你让学生知道小说是什么，表面看来很容易，但其实真的教起来，会发现有相当多的理解是处在"外行看热闹"的起步阶段。那么叙事学的根基其实就很有必要，比如第几人称的问题、全知叙事还是限制叙事的问题，这关乎视点在哪里，从此点能看到的范围，以及这个主体视点的主观性的特点——这些都是小说必备的基本设置。学生们喜欢按照常规平铺直叙地讲事情，但是小说的精彩常常要靠剪裁和颠倒乃至插入别的叙事——所以需要提醒设计叙事顺序的意义，要求在写得能理解的情况下尝试顺叙、倒叙、预叙、插叙等方法。总的来说，这些基本要素是可以教的，也是必须教的。有了这些自觉以后，才能要求学生将故事材料做成合格的小说。

写作课堂的容量有限，而且大一基础写作的目的在于训练，所以我会更倾向于小说创作作业采取同题写作的方式。这里分享一个我 2023 年秋季学期的小说同题三选一设计。

2023 年秋季学期"写作理论与实践"
小说创作作业三题
（三选一完成）

【小说选题一】改写丁令威传说一则

《搜神后记》："丁令威，本辽东人，学道于灵虚山，后化鹤归辽，集城门华表柱。时有少年举弓欲射之，鹤乃飞，徘徊空中而言曰：'有鸟有鸟丁令威，去家千年今始归，城郭如故人民非，何不学仙——冢累累！'遂高上冲天。"

【请根据此段文字的情节展开想象，叙述出一个故事，不超过 3000 字。】

【小说选题二】续写《边城》

到了冬天，那个圮坍了的白塔，又重新修好了。可是那个在月下唱歌，使翠翠在睡梦里为歌声把灵魂轻轻浮起的年青人，还不曾回到茶峒来。

……

这个人也许永远不回来了，也许"明天"回来！

【请根据《边城》全篇和此结尾展开想象与构思，接续小说前面情节，续写并完成这个故事，字数不超过3000字。】

【小说选题三】写一个穿越故事

某川大一年级同学，一觉醒来发现自己穿越回到了高一，由此展开想象，叙述出一个故事。【请根据这一开场展开想象，叙述出一个故事，不超过3000字。】

我设置题目的时候，有三个考虑。第一个考虑是，我个人不喜欢学生在训练阶段养成大而空的写作习惯，所以我的题目总是希望具体，比如大一学生穿越回高一的题目，就可以很好地调动学生的中学经验，让他们有经验原材料可以用，不写假大空的东西，都从自己的生活经验和感受中取材。第二个考虑是，我会试图照顾到学生的各种趣味，让学生尽可能都有自己喜欢或擅长的选题，能发挥才华，所以选题风格彼此差异较大。第三个考虑是，学生人数多的大课交来的作业不能太长（既有起步阶段长篇不好把握的问题，也有百人以上课堂老师批改作业的实际困难），所以出的题目或材料尽量小一些。此外，规定如此精细化的同题写作，相对来说更可能避免学生抄袭既有小说文本的纪律问题。

小说就是讲好一个故事。讲故事自己选角度，自己裁剪情节，自己找主题方向。但我的一个意见是，命题小说一定要把给出的材料/经验呈现好。这种好，不一定要很先锋地去炫耀太多叙事技巧和叙事新观念，作风可新可旧，可洋可土，可雅可俗，但一定要是一个把事情讲明白了的、看了觉得精彩和有些意思的叙事作品。人物的塑造，情节的选择和安排，都在这个过程中让学生试着来思考和把握。

创意写作是一种技能，我认为大一写作的基础课程就是训练这种技能。把技能弄清楚并试过了水深水浅以后，其实是很好触类旁通、举一反三的。学生学会了叙事，对他们之后的文字类工作来说是很好的基本功。我们看似在文学的天地里淬炼本事，但这样的本事未尝不是一通百通，可以用于艺术也可以用来实干。

五、诗歌教学的方法和意图

和小说有着不同的侧重，诗的写作在我看来一个重要的东西就是对语言的敏感和使用。小说是叙事，故而有人物、有情节。有可能存在这样的情况：一篇小说的语言很平庸，但因为故事情节跌宕起伏，人物刻画有特色或吸引人，小说依然可以有比较好的读者反馈。但是很难想象诗歌都靠情节和人物来支撑台面。叙事诗固然有，但诗不是一定要有叙事性，那么在一首可能会没有人物没有情节的诗歌里，我们究竟靠什么让诗歌击中人心，获得意义和精彩呢？我以为，诗歌的本分是语言的艺术，诗歌必须比别的文类更加重视语言，在语言的经营里获得艺术的成立。

就目前我的经验所及，本校大一写作课的学生们，对于诗歌的认知其实比较有限。这或许并不是学校自己的特殊问题，而是当下国人文化生活中的常态。二十一世纪以来，中国新诗其实展现了更丰富的面貌，但似乎中学的教育里对诗歌中古诗的教学更为偏重，中国新诗和外国诗歌依然停留在民国新诗初期的趣味、浪漫主义抒情和左翼写实主义诗歌等选目上，就算有首海子的《面朝大海，春暖花开》，也讲得不到位、不充分。这大约是义务教育阶段使用全国统一教材的缘故。既然此事不能改易，那么大一写作课上，我能做的就是尽量打开学生的视野，让他们看到新诗的可能性，也让他们自己去体会如何精妙和陌生化地处理诗歌语言。我一直认为,即便学生不写诗,这种阅读训练也不是徒劳的,因为学生起码能从中知道语言的使用可能,或许也可以在今后有更多想象力,更有经验和分寸地对待汉语。而好的语言感觉其实是一切文字工作的必要素养。

诗歌的写作,也是文学滋养心灵和人的心智建设的一个环节。我一直告诉学生,诗歌是语言的艺术,与此同样重要的事情在于,诗歌也是在处理个人与世界的关系,包含无数的理解、想象力、情感教育。在 2022 年春季的诗歌写作总结课上,我给出了两段话作为曲终奏雅:

> 一般来说,诗歌比较接近查拉图斯特拉想要给予人们的"礼物"一类,就是说这个东西不是帮你顺遂帮你容易的,而更可能是要使你承负的。它有时候会有一点重,但它也会给你回馈。这种回馈可能是世俗层面的,比如爱情、才华被肯定、文学成功……但更可能仅仅是一个精神层面的安顿可能性、一种对自我/他人/世界的理解力、一种对语言和文明的美的敏感和体察。
>
> 当诗人,我想最要紧的是面对此时此地做一个醒

过来的人。醒过来的人知道自己的意义和价值，知道爱和坚持什么，知道不能随波逐流人云亦云。在一个充满平庸的世界上，诗人因为抗拒平庸而成为自己，这很难，很奢侈，很美好。在这个前提下，我们再来经营语言的艺术。诗歌最终是人心人情的传达，人的心智建设和语言建设一样重要。

这两段话也集中表达了我对诗歌教育的期待，而这样的期待和语言的能力训练本身并不是矛盾的。因为语言就是我们的存在之家，所以语言能力和生命的幸福能力其实非常相关，这些都是诗歌教育中压在纸背的意图和关切。

结语：写作教育何为？

作为一篇写作教学的经验与思考文章，具体的课程理念、设计和操作前文已经较多地谈及，在文章的收尾处我想稍稍荡开，谈谈写作在大学教育中的多重位置与意义。谈这个话题，我想重点联系当代大学中的博雅教育和校园人文氛围这两方面。

博雅教育（Liberal Arts Education）是一个在欧美大学中广泛实践，近年来在中国的一些著名大学里也陆续在推广、不断成熟的教学尝试。博雅教育作为人文学通识教育的一种，是与专业教育相对而又有可能互补的一种教育方向。专业教育追求专家的培养，通识教育追求通人的长成。前者更偏职业性，后者更偏修养性。对于文学院的同学，大一的基础写作课程其实完全可以包含一部分文学博雅教育。一方面，这是对博雅教育的实践，有助于学生进入大学后更好地建设成熟的人格，找到自己的兴趣方向，了解一些基本的价值问题。另一方面，高素质的写作者需要的是综合了各个维度的积淀和想象力的心智，而博雅教育提供的思考是完全可以启发、训练、促进这样的心智生长的。绝大多数专业需要的是专才，而创意类写作的极其特殊的方面就是，它长期地呼唤一种能够成功综合各方面的通才的出现。这样的事情没法急于求成，也并非有"武功秘籍"就能节省积累和跋涉的时间。反而，靠着心智长期地"养"，才能有一部分人抵达写作的高层面。当然，即使不会人人成为高水平专业写作者，一种兼及语文训练和博雅教育的写作基础课也是可以对学生未来的表达能力提供重要助益的。

此外，写作教育中尤其是文学类创意写作，往往关乎一所大学的人文涵养，更进一步则会牵连到大学作为一个小环境的独特精神氛围。毕竟，大学以育人为首要意义，

年龄的赠礼：大学生创意写作作品选

校园里学生成长成熟的环境会影响到他们的人格和气质。本文作为一份我在四川大学三年写作教学的经验谈，或许也可以提到一点学生的写作状态和创作实绩。在大一的写作基础课之初，我总是在带领学生反思和重新看待高考作文的意义和限度。高考既是一场生命里的大考，也仿佛是中国孩子成人的重要仪式——学生们青春的相当一部分都在为它而准备，也被它多多少少地塑造。我不希望这种塑造也成为限制，尤其在对人的生命的想象力和感受力上面。我们写作，因为写作是一种人性的能力，是人的一种可能关联着幸福的工作或行动。这几年，我也见证了好些校园写作者的成长和蜕变——或许是在我的眼里有了写作上莫大的进展，或许是获得了一些文学刊物或奖项的认可，或许是别的什么……我总是会想起我的一位不甚熟悉但非常感念的已故师长胡续冬的话：文学奖或者发表的意义，在于它是一种认可，更是一种信心的来源，使作者心中有数。那么心中有数了，知道自己已经具有一定的文学能力了，你就可以更自由地发挥才能，做更多的各种方面的尝试。我们写作的路途可短可长，有的人可能找到了更适宜的志业，有的人在这条路上终生跋涉。获得荣誉和认可很幸福，也很幸运，但是更重要的是我们生活过，我们的心神理解过也创造过如此可爱的纸上楼阁，我们使用了人的心智能力，对世界的美和丰富有所增益。创意写作是主张应用的，但最好的写作教育不只可用之于工作，成为活的技能，更可以在同学们的心中开一扇永远的窗，体会世界更多的有趣，看到心灵更多的风景。

校园里的学生写作，我以为属于年龄里的礼物，很稚嫩，很珍贵，往往会包含一些过了这个年龄就难写出的事物，故选集名《年龄的赠礼》。这个集子所选的是四川大学的本科生们的课程作品，包含三次"写作理论与实践"（2021秋，2022秋，2023秋）和一次"高阶创意写作"（2022春）的课程命题习作，和一部分学生后来改易而成的自由习作。这些习作对于我和同学们，也都是不同年龄里时光的馈赠。

2024.2 **初稿**

2024.3 **改定**

作者名单

【诗歌篇】

罗浩然（陈棣枝）、梅清越、洪笑（子玄）

秦天、田嘉雯、张威、徐璟果、叶茂、刘隽彦

朱俊霖、周元政、杨瑞琪、杨昊、汤丰宁、任祎笑

（按照学生年级从高到低排序）

【命题小说篇】

1. 警情通告改写：卢蕴烊、益胜拉姆、徐萌阳、龚睿博

2. 乐府诗改写：任茜、周文

3. 论语改写：孟烜禾（一木）

4. 丁令威改写：李文卓（元央）、林湘庭、黄靓秋、付刘裕

5. 穿越故事：程凤、王思淳、隗伊、马欣彤、曾雪梅

6.《边城》续写：王思远、黄浩东、杨灿

【自由叙事篇】

小说：陈蕙、陈薇竹、戴鑫雨、韩思颖、王兰欣、陈恺琳、顾培文

散文：陈薇丹、陈星池（星池）、史晨雨

目 录

【诗歌篇】

陈栋枝的诗 / 3

梅清越的诗 / 11

子玄的诗 / 15

秦天的诗 / 21

田嘉雯的诗 / 26

张威的诗 / 30

徐璟果的诗 / 37

叶茂的诗 / 44

刘隽彦的诗 / 51

朱俊霖的诗 / 54

周元政的诗 / 59

杨瑞琪的诗 / 64

杨昊的诗 / 69

汤丰宁的诗 / 72

任祎笑的诗 / 78

【命题小说篇】

【命题小说之一·警情通报改写】/ 85

灯亮　灯暗　卢蕴烊 / 89

警·情　益胜拉姆 / 97

考生日记　徐萌阳 / 106

帮帮忙　龚睿博 / 115

【命题小说之二·乐府诗改写】/ 126

归乡　任茜 / 127

青草记　周文 / 134

【命题小说之三·论语改写】/ 141

天下有道　一木 / 143

目 录

【命题小说之四·丁令威改写】/ 150

化鹤　元央 / 151

仙鹤的礼盒　林湘庭 / 159

化鹤　黄靓秋 / 170

明天　付刘裕 / 178

【命题小说之五·穿越故事】/ 184

备忘录　程凤 / 185

北极星　王思淳 / 196

痛点　隗伊 / 205

一只鬼　马欣彤 / 214

覆辙　曾雪梅 / 224

【命题小说之六·《边城》续写】/ 233

"回来"

　　——《边城》续写　王思远 / 234

万物生长

　　——《边城》续写　黄浩东 / 241

过去

　　——《边城》续写　杨灿 / 251

【自由叙事篇】

窗外一片海　陈蕙 / 261

白色鸦片　陈薇竹 / 272

杀鸡　戴鑫雨 / 292

鲸落有声　韩思颖 / 301

论"昙花"一词的不可触及性
　　——语义波调整仪二期第042号实验记录
　　　王兰欣 / 310

异乡人　陈恺琳 / 316

遮日　顾培文 / 325

我老家的树　陈薇丹 / 350

想念一杯星巴克　星池 / 359

吃柚子　史晨雨 / 363

【诗歌篇】

【诗歌篇】

陈栋枝的诗

终末的海
——写在遥远的海岸线

我时常想到站在海边的沙如何沉沦
亦怎样承载浮冰的浪上最盛大的梦

眼前事物,似乎都在消逝中全变得轻盈
在消逝中终于完整自身,曾经残疾的心

病榻上蜷曲的皱巴巴的心,而今被往昔满溢
原本以为一切会如同石头缀满口袋,走向海

走向下落不明,走向杳无音讯的枪声或是安眠
清早苏醒的证人将倚靠长廊,吸一口冬日荷花

烟幕飘逝过后,留下许多关于我的味道
像许多欢快场景,我站在你微笑的外侧

切剪胶片,一块块棕黑色方格,一个接一个宣告失败

没人知道如何排布镜头、电池、取景框
一部相机将自身零散的身体摆放,不再

聚焦恋人们镂风的空洞。快门是一种
定格的声音,濡湿后又被风还原干燥

我还没见过海,却想象自己不断奔赴致幻的浪
最盛大的蓝色宴席,白纱裙褶皱朝你吐出泡沫

麦切尔·丹纳为永恒而作的音乐,曲调悲壮荒凉
我们锻炼如何面对整个世界止不住地枯萎,层叠

曾经最真挚的灵魂,与再不可抵达的梦。或许
你选择带上消逝的我?或许我们仍将保持静默

在彼空谷

——为王曼卿写在两年后的烧烤纪念

每当你捞起一块磨刀石

蜀国腹地的城市就被秋叶割开一道伤疤

最锋利的黑暗是天空的橙色,昼夜不息

凌迟着生育你的现代橘园

遮瑕粉底太厚,拟古眼妆太浓

坐在炭火前的你婀娜倒数明天的脉搏

烧烤摊位盆中尽是喝不止纷乱的人生

在喧嚣的伞撑起一场滚烫失语后

鳕鱼切片,鸡肉去骨,放进锡箔翻旋

绿底河流向上,你潜入溪河

推开芜菱、茼蒿、薄荷琐碎的香气棹舟

登临女娲氏遗缺的沿岸,吟诵着

五言排律,如绣穿一枚皎洁如骨的月扣

其余月相皆落彼空谷,埋进群马嘶鸣而暗哑

烟火是最真的活过，你伏在桥上
濯清诗经的小雅，一字一句
愈合方言似是而非的语音顽疾
太多光阴不像风吹过余烬洒散的火焰
人却尤为如此，在世纪的风中灼出纯净的白
"两物之间的距离有多远？是否能超越
古代文学周文王与孔圣的分界？"

盐的味道，海椒的味道，折耳根的味道
他们从你发梢分叉的底部
替今人拾留起名目缺失的答案——
季节如约而至，典故始不乱终不弃
而公序良俗阴柔婉转的音节里
你当何时抽枝繁盛，何年芳华尽现？

拍摄电影

——季节绰号研究其一

这部电影耗资巨大——

半天晴日,一卷胶带

外加一把未经许可

便蛮横拐跑的谱架

你站在深秋的合辑里

爽朗的万物逐渐开始成形

一如世上的风,轻盈地

吹透一株银杏

他从不具备与好天气

相匹配的摄影技术,即使

剧照简单直白,同样足以

暴露出指尖额外的春天

就像特邀返场的句芒

每踩一步，目光就多一行脚注
你精心拾拣钥匙、通行卡
以及白石桥天生的纹路

近景推向特写，俯身弯腰
的动作都在修复水鸟
枯萎的词令，声浪宛转
藏进陌生的终结

他数着叶子飘向你
的速度，如同数你话语中
圆而微小的方言音位
使镜头攥住一片虿影

在虚焦的画面中心游弋
记录你躺进午后暖黄的褶皱
牵起衣角，轻轻拍打棉服
沾染的乌青，直至天空纯净

河边

我看见一切破碎的事物
都在寻找新的伤口遗忘

白色水鸟正解体,羽毛、翠喙、空骨
像无处归依时溺水的温度,使神情变得冰冷
事态纷纷朝着期待的暗面周旋,彩色负片颗粒
银盐粉剂,围绕枯死的河冲刷一场冬季时雨
不断割裂的常态叫生活,根系至冠叶

莫名决堤,莫名潮湿过土壤的颜色
日日愈加深刻的痕迹,停留脸颊后

去往别处。我清楚地感受着
有些东西在心里不断死去,死亡像
石头苔藓一般坚硬,却于滞水中如此脆弱
所有触觉的外延生长,随树上流苏
的穗一同垂落,偶有陌生者

路过清寒的阴天看见了我，看见
爱在我身上寻找遗忘烙下的伤疤

炙热的伤疤是否像取暖的火？是否在意可能
将会悲伤？淤陷的河流像城市森林里一条走不通的路径
岸边读书的人乐意坐在长椅上，隔着芦苇燃烧香烟与戒掉的承诺
言说的语义永远残损，永远等待补全，叙写一生的诗里
必将有未竟的许诺像洋桔梗，像迷迭香花田

我曾想象过用力流淌，却又不可避免地途经损耗
二零二三年的河床纠缠太多植蔓干涸，泪如语塞

陈栋枝，本名罗浩然

四川大学文学与新闻学院

2019级本科生/2023级硕士生

【诗歌篇】

梅清越的诗

学俄语

说句玩笑话，用舌头堵住子弹，
我可能发不出浊辅音，
沃罗涅日匆匆带上面纱，
树林里高悬两具月亮的尸体。

我依偎着六英尺高的巨人继母，
她的头颅是最智慧的苹果，毒蛇忌惮这种光辉，
她不需要我的庇护，而我的母亲
父亲坟冢上的野草，
五千年里一遍遍死去又复生又死去，
好在热闹不过阴曹地府，
锡箔银元宝健壮了她的躯体。

她的血脉是蒸熟鱿鱼的断肢,

快活的父亲拿它下酒,悲伤的父亲咂出腥气。

死去的东西便不再流动吗?

这延宕的江水如今青青印刻在我的身体里。

暴雨

是情感太丰沛的缘故,

一旦试图忠实地记录自我,

就像在雨后的河堤上

踩着两脚污泥响亮地走。

不讲道理的雨季漫长,

干燥到龟裂的河道决堤,

冲走学习用的英文、生活用的中文、

插科打诨用的日文和各地方言。

连概念的语言也不剩了,

洞穴里的人盯着影子发愣。

【诗歌篇】

暴雨涌入街道和田野，
窜进穿短雨靴者无辜的脚踝，
又灌满了利益相关者急切的双眼，
可世界上有天生爱玩水的小孩。

是毁灭也是庇佑，
沉默或是大鸣大放，
掩着鹅黄的小嘴或是喋喋不休，
雨声澎湃，
从童年偷窃来一只只塑料喇叭，
彻夜欢闹。

水就要退了，
因为满地泥脚印受了指摘。
如此记录下来，
便不再有这样热闹的暴雨了。

关于用词

"历史"是漆黑、高耸的石刻，

我只敢诚惶诚恐地摸索他伟大的注脚；

逃避他严肃的目光，

我又被"自由"绊倒，

七个方格锻造成七副枷锁，

稍有不慎便落入新的牢笼。

谈论"崇高"时我忧心染血的荆棘如何被忽视；

谈论"渺小"时我厌恶真切的渺小。

像打捞粼粼波光一样我打捞漂亮的修辞，

偶尔被太阳的碎屑一晃就幸福得眼花，

又因为白光的余韵过于漫长而深陷绝望。

黑色的油墨将这些词语轻轻隔开，

船夫今天又将搁浅在哪一座小岛？

梅清越

四川大学外国语学院 2019 级本科生/2023 级硕士生

【诗歌篇】

子玄的诗

凉山雪

1

倚靠在应急出口,看阳光
湿漉漉地延伸,水泥比沥青
更黑。群山匍匐,草地胜过
树木,房屋胜过草地,在岭上
连成列车。公路盘旋着连接
村镇与县城,橘子皮治晕车
什么治傲慢的想象?

2

六个汉字对应五个彝文字母

八个小孩挤半间屋,三岁下地
种土豆,念九年书,姐姐十三岁
嫁人,两年后轮到她自己
而父亲因为一碗酒自尽

3

留在这里开一家鲜有人光顾的店
盯着房檐的铁丝缠绕风声,彩旗
成串摇摆,顶替树叶。一到六月
野外不见一点烟火,只能从隔壁
炸洋芋的油沸里听见。卖熟食的
也用火卤肉,从批发海椒的门前
掳一把辣气去腥。没人会种水果
没人会种不适合在梯田里生长的
蔬菜,这些种子有的干瘪、生霉
有的渴望发芽,钻出塑料包装袋。

4

城里热闹得出奇,到处有广告

关于一种酸奶，凉山雪

白过枯萎的烟蒂，落到远山的

银边，喑哑而断裂的云

天空的尾骨。另一些关于楼盘

城郊如果存在，也矗立

机器和高楼的雏形，召唤雨水

召唤土地或财富的中心

坐拥人的繁华，坐拥山的苍凉。

卵石打磨和镶嵌指南

啃咬我，用漆黑而柔软的牙齿

——炼就这一身光滑肌肤，是否

比石灰岩褪色成大理岩的过程

更加痛苦呢？留不住一粒夏日的汗滴

意味不可撼动的永远理所应当，比如

熔岩侵略凝固成花岗的质地，地层

生吞活剥历史之鱼，我被裹挟着

在水泥里风干结晶。慢性死亡如此

是指用身体破碎生成的锋利寻找

真正的圆润，于是血肉模糊地

臻于完美之境，拒绝自我周旋以外

任何可能的棱角（或称繁衍形式）

失踪的本体

譬如礁石下方一只水鸟

投水自尽，羽毛由蓬松收束成一捆

芦花的骨头，譬如一种

可怕的沉溺，在人群茂密的狂欢中

想象一颗杨梅的绒毛不由分说地

摩挲嘴唇，譬如梅季

撑开一柄生锈的破伞，秘密地

划过鲸鱼沉默而圆润的

脊背，譬如船只颠簸直到破碎下沉

进入一条河流内部的河流流血

海的伤口泛盐譬如白鲨

冲毁一座城堡，吞食一具遗忘的

大坝背面有涟漪汹涌譬如不断丢失

一个孩子，或者一群

牺牲的城池是一把

水草的锁，譬如阵雨

打捞术

入水或者入睡，捞月

或者用竹篮打水

比这更深，无光的海域

比夜晚更加接近漆黑

探照灯打出唯一

一条白色破折号，鱼虾纷扰

风如暗流使劲涌，拥抱

被氧气充满的肺部，不断诉说

此处永恒而多变的真理

下沉等于上升，溺亡等于浮出

水面的终极，西湖水妖等于

钱塘江水鬼等于太平洋水怪，一双

提手等于三点水，受困于漩涡的中心

泡沫吞吐，抽搐，退化而来

鳞片，尾鳍，暗红的鳃

捉住钩子，气瓶，锚定的钢缆

于是失重时晕眩，超重时紧握轻盈

想象开启，揭秘，反复地鉴定

这寻找一生的宝物

昏暗而潮湿，未名且未明

子玄，本名洪笑

四川大学文学与新闻学院 2020 级本科生

秦天的诗

渡河
——或致俄耳甫斯的哀歌

痴情的人,白白地把手指腐烂使之成为旋梯。天国的婢女流泪,如此可视,她捡起一颗颗番石榴籽试图唤起古老的神赐。

我望着她,她尖叫着爬上失落的背脊。她瞪我,她咀嚼块状的美德。

……潮汐之光缓缓降临。

狂笑的刀刺向我的枝,我被斩落,青青的叶。
我安静地结出透明的痂。

……我还有机会触碰到水荇吗？

思维是肉体最无知的一根弦。
请信赖纯真的黑夜，那里卧着你数次不眠的血。

……铜车的皮毛生长，我的爱和死光芒万丈。

收拣骨骼的人是轻松的，他怀抱着并不理解的疼痛归巢，再吐出一枚小小的金果，那里，低回着关于永生的无风传说。

猎人

拔去脚心的尖刺后
我继续找在某个秋暮失踪的泥潭
她总是那样轻佻地笑着，扬手
夹紧马背越过一处处栅栏

我摘杏子，在溪流中洗净
在糜烂的黄色中剥掉丝丝的青

她嚼栗花，嚼鼠尾草的根
一个月相的预言即将确证

噢，娜塔莎
正是谎言和失约使你更加皎洁
不必擦去我为你流的血
别害怕，耐心看事物的演化

明日，该去撕开霜风的残痕
这一次，我们不必再用青苔缝纫

布拉格

枯僵的手掌再一次抚摸向我
蓝色的线结　自指缝滑落
"吞！吞下它"
血管张大了口
"去！去布拉格"

熙熙攘攘的死淹没着

石砖上的太阳

丢失鸟的驯鸟人、琴弦断裂的卖艺人、被毒哑的诗人

偷东西的人通缉丢东西的人

鸟、琴弦、舌头

舌头、鸟、琴

羽毛

歌

神斧的缺口　神经质的灿烂无匹

在布拉格　我们不甘受死地吞咽冰块

在太阳的眼皮褶皱还没低垂时

每个来者都会被蒙上彩布抱吻

异乡的故乡

情人的丝质坟墓

彩色玻璃下的墙皮温顺地层层剥落

在布拉格　每个句号都流离失所

鎏金、重影、泛着银光的爆炸

漆黑的鸽子坠落在琴弦上震颤

每个会说故事的人

舌根后有惨白的谷穗文身

布拉格

死亡最终把你咬合

孱弱的名字生出翻覆的指

它们无力　无力

也喋喋不休地拨

秦天

四川大学文学与新闻学院 2021 级本科生

田嘉雯的诗

下午茶

搁置,一双桌面之手

因制作标本而渐渐粗糙

日子已经愈合了

洁白的窗下,你为我检查伤口

安然无恙。足迹在湖面隐匿

直到双指探入手柄与身体构成的洞口

孩子们叫嚷着冲击镜面

踏起碎屑,惊飞蜷卧的鹳鸟

叉与刀交错出银光,暗示

对于细瘦的霸权

光线的温情转至窗前

才发觉我许久神游

正如,我总是混淆你的职业

问那色泽与力度如何垂手

或在多疑后,失重于真实的轴心

冷却的速度堪比季节过渡

渗透着,吞下褪去的鲜艳

饮与嚼的组合,轮番地

劝离藕断丝连的甜

银光照亮了我的眼睛,又一次

告知我安坐,选择某种畅爽的干绝

正鉴

偏爱某几种长羽白鸟存在的姿势

当你请求,从岩石里掘出笔名

我还只会从稀薄又羞耻的窗前

识别出它们掠过天空时净化出的粉红

人们在楼下星星点点地走

失焦之前，遥远的联结也曾闪烁如初

而这周期性的升与落，贫乏得和爱权者一样

盲视者酷爱询唤意识中自我的孱弱

沿着铅字爬来，又流着涎水企图狙射

不过，我从不在此，而是在牠身后

童年的窗口我已许久避视

再次到来，坐着晃动双腿朝楼下望

想从七楼向五维折叠，跳过了头

跌坐进话语的黑水池

三即是多，嗡扰如蝇对着梦境入侵

点点星盘，承认命数如上

当然，我并不在此，至少从未如牠所视

蔓延的路已经走得很远

你从天而降，用石头里掘出的笔名

击穿我的胸膛，在冰雪里

留下一小堆有效的温暖。

将我捕获，在长羽的烧灼之中

车祸

南方公路上,闪电促成一场车祸

血的烟浇白了花枝

瓣瓣吹落,芍药的红心捧出爱的鬼魂

我在碰撞内部谛听机械摩擦,你那美妙的

热情幻觉

今天,布料的纽带愈发轻浅了

掂量存在,又被细锐的光芒扯碎

鲜活已从我唇边逃走,苍白所包孕的创生

与坠落同色

那么此在归于浅淡的酒液

微笑着,滑落于热量未褪的柏油路面。

田嘉雯

四川大学文学与新闻学院 2021 级本科生

张威的诗

浆水鱼鱼

老板,来两碗浆水鱼鱼!
这是她念叨了一路的东西。她领我坐下,开始讲述
她和这座城市的故事:浆水是这条江上特有的美食,
小时候老爸常在夏天的晚上带着我到江边来逛,
喝一碗浆水鱼鱼,把酸酸的暖暖的江风吞进肚子。

过了几年我长大了些,老爱和小伙伴来这附近玩,
在莲花池的秘密基地,和她在小鸭子船上偷偷喂鱼。
再往后的夏天,高考前,她摘了一支荷花送给我,
我带它去了另一座城市,走前忘了喝一碗浆水鱼鱼。

啊,今晚没有浆水鱼鱼了?没事没事。她顿了顿,

浆水鱼鱼就是这样，可遇不可求，没事下次再吃吧。
好久没来这边，路都不认识了，以前江里有许多鱼，
江边常有带着孩子钓鱼的人，现在也没了……

也许还有一碗浆水鱼鱼？被调皮的孩子偷偷从
家长的鱼护中打翻掉。喝着浆水汤，我偷偷走神，
为今夜未曾得见的小鱼们匹配一种幸福的结局：
三岁的一条骑在老爸的肩上挥舞鱼鳍咯咯笑着，
十岁的一条扎进泥土长出藏在城市里的旧街老巷。
吃完了？我们走吧。二十岁的浆水鱼鱼对今晚
总结完毕，她站起身，滑回夜色的江水中去。

蟑螂简史

一只蟑螂不会来得及告诉你当它被
一只拖鞋追杀东躲西窜时心里想着什么。
所以请原谅我们对它所知甚少。你知道的，
没有提前约定常带来一场不甚愉快的相遇。

而误会本身并不美丽。此外我们需要

聊一点别的，比如作为古老而隐秘的苦行僧，
一只蟑螂的坚硬更甚于一个夜晚的质地。
温暖而潮湿或许是另一种愿望的实现方式。

而越美丽的越肮脏。这是一只蟑螂在下水道
悟出的真理，而区别只在它比你多出些血肉。
这是否可以说明无所在意则将无所顾忌？
可惜的是，对于生命它们有另一种执念。

而它们在死亡前射出卵鞘正如荆轲从一张
地图下取出自己的脑袋。王负剑！王负剑！
——而历史有历史的默不作声和严密逻辑。
但它偶尔也允许一勺小小的悲壮的调味剂。

于是一只蟑螂来得及从它的剑鞘里投掷出
一个种族的达摩克利斯之剑——而肉体本身
在夜里扮演破碎营养品。而你一面歌颂生命，
一面不动声色地碾碎一只蟑螂。

自画

上半身泡面头,下半身老寒腿,
potato 与 tomato 蜷缩进同一个肚脐眼
——急先锋迷路在中世纪菜市场,阳光葡萄
十五元两斤——唾手可得竟是秘密。

安静!

照镜子之前是照镜子
——之后也是。
镜子生来就是被用来照的吗?
镜子能不能照镜子?

安静!

尝试自画。
尝试坐下来对着肚子自画。
光影或声色或犬马或我爱着你,

对不起看错了肚脐眼旁那颗不是痣是泥。

安静!

再次尝试自画。
傻子在左疯子在右意象太匆忙神色太紧张。
(肚脐眼可不可以换星星?)
我朝胸腔掐灭一面镜子,你有瞧见我的画框吗?

安静。

山鬼

早把那牛肉切两盘,筛了酒,
小爷我今儿给大伙唱一宿:

若有人兮山之阿,山兮山兮呼不得。
甚么鸟山也想囚住我,山兮山兮我去你X的!
表独立兮山之上,拿了我那如意如意金箍棒,
东海做酒蟠桃肉,且看小爷我大闹了那天宫!

【诗歌篇】

哈哈哈哈，我是谁啊！

我说我要，佛说不可。
我说我要，佛说悟人即是悟空，不如悟马。
我说我要，佛说要断六根清净，何况你是铁打的头。
我说我要，佛说那给你个官当当。
Hey！弼马温，配金箍，带编制的！

哈哈哈哈，可我是谁啊？
——我想不起来。

他们说，我是那八十一难终成斗战胜佛。
斗战胜佛？几品官啊，磕不磕头。
他们说，我是那齐天大圣美猴王。
齐天大圣？几只耳朵，吃没吃过唐僧肉？
他们说，我是那山下坐化的石头。
五指山啊五指山，怎么还没人来超度我？
他们说，我是那山里的鬼——

哈哈哈哈，我想起来了
——我是那鬼啊！

我是那长生的石头，乱世的石头，六耳的石头；
我是那石头折断石头，石头打碎石头；
我是那石头里爬出山，山里悠悠飘出一只鬼
——我是那鬼啊。

哈哈哈哈，都不许走！

我是那潇洒人间的鬼啊，
我来这人间笑啊，我来这人间闹。

我是那踉跄人间的鬼啊，
你听我笑啊，你别看我哭。

张威

四川大学文学与新闻学院 2021 级本科生

【诗歌篇】

徐璟果的诗

蒲公英

在秋天被人抛弃的,起伏的云

呼呼,呼呼

清晰的,逃遁着;模糊的,毁灭着,

用积攒了无数春秋(不过一息)的气力,说

她在天地间抗诉

不要去,她说,

不要让飞翔,

成为一种代际遗传的,悲伤宿命。

我想,多么痴傻!

淤泥里的母马一命归西,漫游是

通往美梦的唯一途径

所以我总是
总是抡着锤子,请求它携带我,
沉到天空去。

呼呼,呼呼
一万次飞翔,一万次背叛,我是风的痴情的弃婴,
可我必须借它,向锤砸去我狂欢似的憎恨
和妒忌。
浮着,锤正清晰地潜逃。
呼呼,呼呼
蓦地,
天空,渺茫着,模糊地,
降下悬顶之剑!又一抹云被砸下。
我大笑着,"锤啊!飞翔是一种回归!"

呼呼,呼呼
锤长出小锤,小锤长出小小锤,一次,两次,
直到第一万零一次飞翔,
大地成为初生天使的坟场。
殉道路上,我听到新生的锤无力地说,

她在两个地狱间祷告

不要去,她说。

可谁会听?惯性的重复才是生存的要义。

呼呼,呼呼

又一抹云被砸下。

我和锤大笑着,"飞翔是一种回归!"

直到第一万零二次。

或者,直到满地羽毛被连根拔起。

模范家庭

抽油烟机没有

一天表现优异。表弟

翻炒出生于武侯区的

数学题,但红色的盐,

黑色的血,蓝色的

天飘下金钱,马负重,王,

"王负剑!王负剑!"

一分为三的客厅佯装亲密

无间，道：拳王泰森和淘宝直播间彼此

毫不关心。没有一叠碗能被凹槽赢回的

水流里，表弟正迷恋某种永恒凹槽的填涂法。

有关三长一短，三短一长。

是不是只有旁观才能让它永久？借助于

有声书、修正带、年纪、抖音和轻飘飘的几句。

隔壁大学的表姐被赋予修改年幼

自己意志的权力，隔壁附小的表弟被

代表着，膜拜一条通往未来的路径。

从哪个咳血的时辰起，退休金捡回了

——一盒模范家庭。黄鹤楼上，电瓶车发明

离间石子和孩子的方式，呼啸而过，

失业的肺点燃抽油烟机红烧的疑问。

公寓的火烟，肯定地照亮在严禁清蒸的

前一日，一流的表弟光荣学成于府青路

二段的公寓旁，尽可能地编选来自偏远地区的好词

佳句，

就这样誊抄在语文老师的烟盒上。

阶梯

用三年聋哑，捡起废弃在唇齿间的
终生失明，将它们与离群的方言缝补在水泥阶梯
这路是大的，踏步宽是窄的，况且向下
有一枚硬币掷地有声，它的一生中终有一次
不属于冰雪碧和小布丁，而被还给月亮

然而阶梯皮肤松弛，折叠的肌理
叫或简陋或顽固的字眼纷纷藏匿
翻滚进字眼里的人，不能把费解的砾石断得清晰
于是那儿没有细腻的地基、严谨的结构
可一幢小屋这样林立，碎石们在雨天也乐于唱首小曲
偶尔长满青苔，敲在孩子的头顶

金黄的尘埃里，折痕追随者们
躺在阶梯表面歇息，横竖皆有之
类似历史尽头的另一种表意文字

不过，薪柴向电力最后一次敞开想象力的刹那

我坚信，那就是意音文字的开始

突然间，他们也劳作

把日光焊接进皱巴的纹路

把褶皱上下都栽遍遮阴的树木

再使他们的孩子赎回大地的孩子

这儿从不下雨，但偶尔他们会吹灭灯管

听雨水凿开硬物的声音

两个犹太人

死缝里，石头有愧于成双成对。

哪怕同时搬起，你知道：

一股泉涌，割断舌根的雪花

敲击旧钟，无人

言不能言，说不能说。无人

挤进空中的一块，进出了风铃草。

另一块在河床，

脱落，剥开，面若冰霜，

【诗歌篇】

密接和应,推迟被掀起石底的日期。

2023.8.10

徐璟果
四川大学文学与新闻学院2021级本科生

叶茂的诗

奶奶

上一次见奶奶
隔着五厘米的玻璃
奶奶曾经清澈的眼睛望着无穷远
玻璃那边陌生麻木的几双眼睛却望着我
临行时刘阿姨晃动奶奶的手
像教小孩子作拜拜

上一次见奶奶
和爷爷坐了一个小时公交车
远远地看见绿色防尘网背后高高耸立的楼房
爷爷说
奶奶就在那儿

【诗歌篇】

上个月就在那儿

下个月也会在那儿

上一次见奶奶

帮忙拎着换洗的衣服

刘阿姨网购的小玩意儿

一碗从餐馆里端来的烧白

衣服和小玩意儿被狠狠地喷上酒精

烧白幸运地躲过

过两个小时它们就能被奶奶触碰

不像我

上一次见奶奶

门上贴着希望患者家属理解特殊时期特殊举措

门上贴着防疫是刚需闹事者可以被追究刑事责任

门上贴着非医务人员禁止入内

门的身体不比纸张沉重

可我没有钥匙

我也没有门

有一次

那是夏天

奶奶从好又多回来

一个傍晚

给我看崭新的汽车玩具

我撒了个小谎

我说我一直都想要这个（我没有）

我当时不明白奶奶为什么那么开心

我困惑地看着她笑

奶奶说

我们

心有灵犀

在天台

三颗排成一条直线的星星

好像没动但在动的云

远处被灯火通明的大楼照亮的粉红色天空

少见的警车鸣笛声音

清楚的几个街区外年轻人的交谈

【诗歌篇】

越来越不让人忽略的风

很高的建筑工地上直射着我的强光

了不起的飞机从这边过来那边过去

袖口的嘴巴里的烟草味道

正前方没有车的路

颈窝跟头发交界处的瘙痒

躺下时被一切罩住的不可动弹

躺下时翻个身就可以得到解脱的错觉

不听脑袋指挥的泪腺

有窗帘遮挡的平民住房

烟头温度靠近时手背肌肉的收缩

我灰色套头衫里的洗衣液香味

眼镜框架压在鼻梁上的重量

看不见任何人和不被任何人看见的假期

论幸福生活

从一颗蛋里孵出来

在草地上啄米

慢慢长毛

住在有点臭的鸡舍里

但我不在意

我要从锡做的罐子里喝水

偶尔停在树桠上

神气地看比我矮二十厘米的泥土地

当我生够了应该生的蛋

或者叫醒了足够多个早晨

我就走向那双手

让它们压住我的翅膀

最终砍下我小小的脑袋

猫会来舔地上的血

我会安心地坐在漂亮的铝盘子里

喂饱一桌人

【诗歌篇】

联想

一个人写
幸福找到我说
这个诗人比我还幸福
这个人决定在山海关的春天的铁轨上
休息
无限期

另一个人写
我不再找寻幸福
因为幸福就是我自己
他严重地中风
并在二十年后一处木屋
腐烂

一个人写
我怕什么呢
我是无限的一部分

是最后一颗熄灭的顶级巨星

死因是肺结核和营养不良

时年三十一

另一个人写

如果你有能耐去爱

首先爱自己

我的内裤上也有屎渍

死于白血病

享年

七十三岁

叶茂
四川大学高分子科学与工程学院 2021 级本科生

【诗歌篇】

刘隽彦的诗

静默

无论情感怎样尖叫

文字都是静默的

无论文字怎样尖叫

书本都是静默的

无论书本怎样尖叫

图书馆都是静默的

无论图书馆怎样尖叫

读者都是静默的

用铅笔在白纸上写下一段字

再擦去

散落一地的橡皮屑

像大火烧尽亚历山大港的骨灰

在遗骸之上

只有无名的焰，静默地燃

意象

我想写一首诗给你

不要那些前人用过的意象

那是对情感的抄袭

大海、月亮、玫瑰

我划去这些词语，写下

潮汐、星星、百合

可你比潮汐更恒久

比星星更明亮

比百合更艳丽

真可惜

爱上你的不是不朽的诗人

我只有十九岁

年轻而愚蠢

对生活不过是个半吊子学生

【诗歌篇】

我划去这些词语,写下我的意象

大海、月亮、玫瑰

你

刘隽彦

四川大学经济学院 2021 级本科生

朱俊霖的诗

断章

被扬起,或被覆盖
正如一组诗接连碎落成
满地的银杏——
金黄的断章

深秋时,饱满的言语终将老去
被风吹到尾句
但生命的长篇里
我们以一生的断章来爱它

生命在一握的姿态

用手握住床上新生的
小胳膊、小腿
或者皮实的小身体
代这个世界,也再次向自己问好

像牛一样,时间辛勤劳作
手便生长到能握住更多
帮老人晒陈皮的橙光、陪路灯站岗的白月
和春天清脆的决心

奔赴流浪的行李自然很重
但看起来很轻的东西
我又用力地相握言和
可能是写着几行数字的白纸单
也可能是一些大大小小的
红本、绿本、蓝本……

如果一直沉湎于美丽的消耗中

迟暮与病情注定一同被背负

这时的我只能握住输液管——

一根很长的"救命稻草"

孩子来到床边，握着我的手

代这个世界，也再次向他人告别

生命长在，一握的姿态

阿尔茨海默病

最初奶奶只是变得有些钝

说自己不记事，后来她渐渐沉默成

一块角落里的石，有时固执地重复

一些老话，做一些无意义的动作

比如烧开水，从早一直烧到晚

有一次家里断电，她也记得

按下键，然后倒出几杯

摆在桌子上，嘴里一直念叨：

别感冒了，别感冒了

【诗歌篇】

半年后的某一天

她接到了一通电话

那边的人说投资、稳赚不赔、保底等

这边的她却一言不发,只是坐着听他讲完

医生后来诊断说,她变成了智力相当于

三岁的孩子,我那时知道

奶奶并非真的失声

只是生活对她来说

已然变成一种书上的外语

生活在雨季

潮湿缓慢攀登远山

爬满夜的静脉

乌云背负一场雨夜走向

下一场雨夜

带刀跋涉并不妥当,在这个季节

生活的未知以坑洼为单位

光明与光明的经验也未必相通

我们只能倚靠背后那棵黑色的树

以相同的姿态

站立、思考,再向前

融入对这场风雨的理解之中

朱俊霖

四川大学文学与新闻学院 2022 级本科生

【诗歌篇】

周元政的诗

褪还

天亮时从西边打出一束高高的植物

我们拾着麦穗向前

镇子里传说涌动

如野地乍起的秋风

把唢呐的嗓子拉哑了

千年前民间的鼓暴怒起来

使谁长歌当哭

今夜在回乡的路上无法长眠

谁就一声哀罢

抱着火盆在眼泪中翻滚

从三皇垂暮流到残云万两

一辈子倒在了成仙的路上

在播种的事业里

穷人逐渐伟大

在黑夜的探索中

孤星变得明亮

于是我们把皮肤的黑褪给太阳

眼睛的蓝褪给天空

河流从血管流过

在这贫瘠的土地上

剩下什么就还什么

一无所有使人充足如部落的王

在原始的历史里我们欠最后一笔债

把血点燃

连接上百个异姓的村落

在最伟大的中国仪式里一起抬头

只有一句

在生活里热烈的人

把生活的痕迹打扫干净

死祭

最后的树上果子熟了

落过雪的山里眼泪化了

我走到残砖铺就的路旁

轻轻看　坟上的鸟睡了

一众死亡的使者哭我

如安抚一个疲劳的游子

从前用一生侍奉粮食与土地

怀里抱着收获的酒

来到伟大的死祭

野花呢喃　明月长啸

作一只久不停息的鼓

悬在尸体的头上

从明天起一直响

催促不忠于春天的人靠在树下

靠在他一生零落的枯枝败叶上

大风从遥远的东边刮来

卷走一地尘埃

归去

迟到的轮船等待着

水中沉睡的月光涨满海岸

铁路摇晃

将起伏的山晕眩到平原

然后再次填满

玻璃所阻挡的

笑容正像河谷浸湿的叶

芬芳地吸附着离开

便从日记的最后一页算起

船长从不靠岸

期望的天际线隐入城市的末梢

【诗歌篇】

我与秋天始终未能重逢

于是收拾了记忆与告别
我要在夜色中归去
去到晚灯映起的港口
带走一身星辉

周元政
四川大学哲学系2022级本科生

杨瑞琪的诗

它们的低语（或《噩梦》）

1. 叙利亚

昨夜，我做了个噩梦

梦见"自由"的炮火，击坠了

人间的天国①，撕碎的

大马士革玫瑰②掩盖不住

鲜血，惹得那沙漠新娘③

---

① 人间的天国：指的是叙利亚的首都大马士革，出自阿拉伯古书："人间若有天堂，大马士革必在其中。天堂若在天上，大马士革必与它齐名。"
② 大马士革玫瑰：是叙利亚的国花。许多叙利亚人将大马士革玫瑰视为叙利亚的希望。
③ 沙漠新娘：叙利亚巴尔米拉古城的美称。在叙利亚政府军与极端组织的数次争夺中，千年古城毁于一旦。

流泪，却挽留不住那

无奈投奔故人①的

美索不达米亚们②

2．伊拉克

昨晚，我做了个噩梦

梦见"民主"的坦克，碾碎了

神的赠赐③，红玫瑰④

凋谢在谎言的粉末⑤中

死亡的号角惊醒云端的天使⑥

她歌颂着《一千零一夜》的奇迹

---

① 故人：指中国，因为叙利亚的前身古巴比伦与中国同为人类文明的四大古国。

② 美索不达米亚们：一指叙利亚难民们，二指叙利亚的文物们（为躲避战乱，叙利亚政府将本国文物交付给信任的中国进行了主题为"邂逅·美索不达米亚"的博物馆展览）。

③ 神的赠赐：伊拉克的首都巴格达的美称。

④ 红玫瑰：伊拉克的国花。

⑤ 谎言的粉末：伊拉克战争期间，美国国务卿鲍威尔在联合国安理会上展示了一小管白色粉末，声称这是伊拉克研制出来的炭疽，作为大规模杀伤性化学武器的证据。这一说法后来被戏称为"洗衣粉事件"。

⑥ 云端的天使：伊拉克的伊玛目阿里圣陵清真寺，它有很多美称，比如"天上的街市""云端的天使""宇宙的信使"等。

永眠于旧日巴比伦的怀抱中

3. 巴以

昨夜，我做了个噩梦

梦见"人权"的利刃，刺穿了

圣城①的脊梁，血泪滴落

异邦人的棋盘，化作筹码

引诱屠龙者堕为恶龙，去撞开

阿克萨洪水②的阀门，喷射出

铁剑，插进那死去的湖③里

它悲悯地流出世界最咸的眼泪

沉默地望着教徒们的疯狂

都甘愿切掉良心换点野心

---

① 圣城：指耶路撒冷，是以色列和巴勒斯坦共有的首都（双方都有争议），被誉为世界三大宗教的圣城（犹太教、基督教和伊斯兰教）。
② 阿克萨洪水、铁剑：巴以冲突中，巴勒斯坦伊斯兰抵抗运动（哈马斯）宣布对以色列采取代号"阿克萨洪水"的军事行动。以色列随即宣布进入战争状态，对加沙地带哈马斯目标发起代号"铁剑"的行动。
③ 死去的湖：指死海。死海位于约旦、巴勒斯坦、以色列之间的地势最低处。

4. 中东

今早,我从噩梦里醒来

打开世界的窗户,来自五海三洲的

风跌撞进我的耳旁

抽泣倾诉着它们的低语

它控诉:

正义唾弃它为火药桶

"可又是谁冷漠地点燃杀戮的引线?"

光明数落它落难的子民

"可又是谁贪婪地吮吸它黑色的血液①?"

它哀号:

灯塔的光照得它几近目盲

"我应该认错吗?"

众人审判的利剑朝它举起

"可我的罪名又为何?"

今早,我从噩梦里醒来

却无法回应它们的低语

---

① 黑色的血液:喻指中东的丰富珍贵的自然资源——石油。

因为我无力地知道：

它们的罪名是无罪

上帝无法审判的

人类会亲自扣上镣铐

用硝烟扼住它的咽喉

用窒息抹杀它的低语

他们满意地盖上胜利的勋章

任我的噩梦吞没了现实，

轻描淡写地，将"无罪"

钉死在"有罪"的棺材里

杨瑞琪

四川大学文学与新闻学院 2023 级本科生

【诗歌篇】

杨昊的诗

人间清欢(组诗)

一、乡野

知了声声乐此不疲

萤火虫栖息在田野的绿禾

听取蛙声一片

我轻触你苍老的手掌

如同皲裂的橡树皮

温暖,滚烫

我絮絮叨叨地说着幸福

那尝到甜蜜的糖果

也能融化之前的苦涩

你一边耐心地听着

一边认真地俯首

在作业本上写下我的名字

名字，便是你

烙刻在我生命里的印记

二、黎明

黎明泛着鱼肚白

柴火毕毕剥剥地响

火星在袅袅的烟里

旋转，跳跃

灰烬从余温中抽身

我眨着惺忪的睡眼

视线追寻你忙碌的背影

老黄牛悠闲地甩着尾巴

气定神闲地抬眸

你熟练地牵起牛绳

从容地转身

像这天地间

最雄赳赳，气昂昂的指挥家

三、暮色

暮色眷恋黄昏的瑰丽

晚风吟诵麦浪的歌曲

宛若连绵的山脉上

未名姑娘的浅吟低唱

我撒开脚丫子

奔向田野的怀抱

我似乎能看到

大地的微笑

因为，你年老沧桑的面容

连皱纹也轻颤着

那跳跃着的

是由内而外的喜悦

杨昊
四川大学文学与新闻学院 2023 级本科生

汤丰宁的诗

大赦　其三

今夜谁人望月？谁人
把肋骨抽出创造一轮国度
在其中哀悼、宣讲、自我审判？
月亮经受长久的打扰，不再白洁
白洁是不能奢求的。不能
从脑中掏出逝者的泥塑
用月光为他们落一场雨。

因为生者的故事还在延续。
爱与思念：多么强烈的事物
白天过于刺眼。只有在夜里

【诗歌篇】

才能经由坑洼的表面入眠。

月亮与我合辙,抑或
我把望月当作自残的手段
明如镜啊。我对月而鉴
从自己的丑陋与残缺中
得到快慰,用生命中大大小小的
遗憾,凌迟自己。

于是写诗,看诗
看月亮挂在天上,
像一口夹着血丝的痰。

很久以前,苏轼在庭中咳嗽
和我怀有同一件心事
千里荒山,都是一样的冷。

大赦 其四

勇气是一门私人宗教。

一切失望裸露之前，亦即
所有遗憾还美丽之时
这双不太跟脚的鞋子，
我踩着它四处走走，偶尔向前。

天寒地冻地捏着一把火
捏着，又松开
攥而又怕攥得太紧
一遍一遍用指纹数着掌纹
这本不堪阅读的圣经。

史官、算命先生和勇敢的人
是同一种人。无非都是
把时间叠起，并拂去了怀疑。

连勇气都没有的人真无聊
在黄昏起飞或爬到树上
左右打量，等着潮水退去
连勇气都没有的人真无聊。
每次出门前，我都抬起食指

大声地告诉自己。

长久以来一直如此：
当潮水退去，滩的冰凉
讥讽龟甲上的余温。
我站在原地，无措
而失魂地看着它的裂痕

看着那个刚刚出门的我
堵耳闭目朝这边走
遍遍掐指，念着元亨利贞。

大赦　其五

我肺间的森林是座忧郁的打字机
阴影中蓄息诗歌或别的秘密。
诗歌不是别的，当你
在长街上数着街灯盛开
没人告诉你其实你在写诗。

被盘古的左眼盯久了,就想要
些许推开这样的橙色
钻进被子,把夜晚压在身上。
我阴郁的枕头实在
无伤大雅。

何为大雅?
周正的普照的公开的可读的
推崇答案而抵制困惑的
多可怕哟。活成一句雅言
有阴影的地方就有太阳
太阳无孔不入地布置癫痕。

写诗或散步的时候,我
把自己皮里皮外翻一翻
无伤大雅地做个不雅之人。
凡那些深藏骨缝的幽暗
我一一打磨,一一亲吻。

而人类的悲欢并不

【诗歌篇】

没有同构。疗法亦可假借

总得有一个暗面拒绝光的进入。

刮骨疗毒,并非只为自己。

在我清创的时候

总有他或她,低头

看着多年前的伤口

明亮起来,原来还在流血。

然后允许了这样的鲜艳

允许吧这样的红。

汤丰宁

四川大学文学与新闻学院 2023 级本科生

任祎笑的诗

死亡

总会忘记对夕阳铁青着脸的墙

钻进墙里的钉子与锤永别

或者与丝线决裂的纽扣

心口捂住一个太阳

一句说出的话被肢解

同一句说不出的话被闷死一样

靠墙拄拐的老人被钉子抢走了

一粒纽扣,他欲言又止

站在生的立场无数次谈论死亡

像极了与昏花耳背的拐杖说起森林

【诗歌篇】

别在我肋骨上降落

我知道有些瘙痒是奔着心脏去的
经肋骨时刻下苦味的名字
你该明白，那些文字绮丽让我难堪
爱在巨石或树根下难以取胜

胸口的抽屉开合渐起锈斑
河湖吞吐应付沉重天气
抵住斧子，抽屉能被信噎死
熟悉总以荒疏的气息落脚
饮水的马能搅扰一池盐

我那触碰肋骨的呼吸
撞钟似的，深情又痛苦

我在鸣沙山送别今夜

印象中的沙漠不该有泉

空茫处不该有堆满泪水的眼

看不到尽头的季节,不如告别

沙丘极力遮掩白日的狂勃

一队驼铃传布山的悲鸣

山峦剪影佝偻成月牙泉

驼峰在山上再垒群山

日暮沉时,诸岭燃灯

足印随流沙热闹并遗忘

沙泉日月风是件蹊跷事

骑在群山上摇晃的人全身都是软肋

潮湿沙漠无限接近泪水

坚强有时来自虚荣

分别之夜

鸣沙山走丢了骆驼,爬满了云

沙的记忆

在回忆里萃取真实

使之变得疼痛

能让沙暴枯萎的

是风的回眸

煮一碗热沙作药引

学着风，咀嚼

用舌尖点出数目

它不仅来自大地的几何

还来自遍野的蹄印，颤抖的经幡

倘使只能带一物去往宗教

我会含一口沙

拾阶，跪拜，静默

然后死去

垂下的神秘

就会明白渺小嘴里的渺小

如沙粒之于土地

一双没有见过沙漠的眼睛
不懂生命的图腾

任祎笑

四川大学文学与新闻学院 2023 级本科生

【命题小说篇】

【命题小说篇】

【命题小说之一·警情通报改写】

警情通报一则

7月12日，网传上海中考数学试题泄露，公安部门在接到上海市教育考试院报案后高度重视，市公安局指定浦东公安分局开展全面侦查，先后抓获窃取中考试题的犯罪嫌疑人周某（女，39岁，上外印务中心装订车间负责人）和非法获取中考试题的犯罪嫌疑人蔡某（女，47岁）、孙某杰（男，51岁）夫妇。7月13日，警方对3名犯罪嫌疑人依法采取刑事强制措施，并对案件持续开展深入调查。

警方查明：2017年，周某在本市某妇幼保健院产检、生育期间认识该院医生蔡某并得到其多次帮助，双方成为好友。周因工作原因经常封闭管理，无法返家照看女儿，其女儿体弱，就医看病基本依靠蔡的照顾，双方长期保持密切交往。2021年年底,蔡、孙夫妇因女儿即将参加中考,起意寻求周某帮助提前获取中考试题,并多次向周提出请求。据周某交代,其虽犹豫再三,但出于"报恩"心理,于2022年2月底答应帮忙,并在印刷厂封闭管理前将一部事先准备好的手机带至厂内单人宿舍藏匿。

在印制中考试卷期间,周某利用工作便利,逃避技术监控,寻机将中考试卷偷带至宿舍,通过手机将试题传递给蔡某。蔡某怕女儿走漏风声,遂手抄题目,以复习刷题的名义将题目交给女儿练习。

因蔡某抄错数学卷第24、25题部分内容致无法完全解题,故要求其丈夫孙某杰将两题交由其父亲孙某权(退休数学教师)帮助解题。7月5日,孙某杰在未告知两题系中考试题的情况下,求助其父亲孙某权解题,孙某权亦在无法完全解出两题的情况下,于当日将题目通过微信发给某中学负责退管会工作的金某某,请其找人帮助解题,后金某某将题目发给该校数学教师赵某某。赵某某也未能解答,于7月6日将题目发给外校数学教师朱某某寻求帮助。朱某某因当时忙于其他事务,遂于当日17时30分许将题目发至含29名学生的班级微信群中请学生解题,但群内无人回复。当晚 20 时许,朱发现题目有误,遂在该微信群内告知学生无需解答这两道题目。7 月 12 日中考数学考试结束后,朱某某任教的班级中有学生发现最后两题与此前朱老师发在该班微信群中的题目有相似之处,遂将聊天记录截图转发至学生 QQ 群内求证,该截图在多个学生 QQ 群内传播后引发关注。

警方通过深入走访、讯问询问,调取电子物证等侦查工作,对泄露试题的传播范围开展了细致缜密的调查。经对孙某权、金某某、赵某某周密核查,未发现 3 人将上述数学题目传播给其他人员;经对朱某某及其任教的班级微信群中所有人员逐一排查,未发现上述数学题目在中考前有群外传播的情况;经对周某、蔡某和孙某杰深入侦查,除上述数学题目外,其他中考试题未传播给他人。此外,警方对网传朱某某、赵某某 2 人的子女均系初三学生的情况进行了重点调查,2 人子女确为初三学生,据朱、赵 2 人陈述,因认为题目有误,未想到可能是中考试题,没有给孩子做过。经调查,该 2 名学生考前均未见过相关题目。

目前,周某、蔡某已被检察机关批准逮捕,孙某杰被依法取保候审。

上海市公安局浦东分局

2022 年 8 月 22 日

命题：请根据这份警方通告，自选角度和重点叙述出一个故事。

【命题小说篇】

灯亮　灯暗

卢蕴烊

她到家的时候，女儿已经睡了。她不敢亮灯，借着手机屏闪着的惨淡的光，小心翼翼地转身将门锁上。尽管绷紧了神经，老旧的门在绕着轴线旋转的时候依然发出了吱嘎的呻吟。最后的落锁声卡住了生锈的呜咽，一切都如同尘埃落定一般，终止了。她背抵着门，沉重而缓慢地跌坐在冰冷坚硬的地板上，似一面破败的、下落的旗帜。

手机屏亮着幽微的光，在浓稠的黑暗中挤占出一隅散射的空间，屏幕上是同蔡姐的聊天界面，底端有一条还未回复的消息："哪天带上囡囡来家里吃饭，我和老孙好好感谢你！"她胡乱地上下滑动着对话框，企图从这庞大的叙事结构中扯出一个线头来捋清一系列的起承转合，却发现千万条线早已缠作一团，系上了死结。

倘若真要追溯到开端的话，女儿的降临确实是一切的起点。

六年前，她捏着一张皱巴巴的车票，从生活了几十年的小县城逃走，坐十七个小时的大巴车，到魔都的一家印刷厂打工。彼时她还不知道自己怀孕了，吃着粗糙的饭菜，一套工作服一穿就是几星期。她吃力地从生存的夹缝中抠出钱来，乞求在这个繁华的都市攒出一个像样的生活。

然而上帝似乎对失意者接连落难的情节乐此不疲，当检查报告显示自己怀孕时，一双巨手霎时将她扯入深渊，天地崩裂开来。倘若丈夫还在世的话，他们必定会为得偿所愿而激动欣喜。可如今他埋葬在小县城的土地上，她拼尽全力逃离的没有尽头的过去，又再一次席卷而来。她没法不要这个孩子，也没法回到亡夫长眠的故土，更没法走在一条早已死去的路上，她在诊室门口失声痛哭。

医院是个冰冷的地方，路人对生死离别的哭号视若无睹，好奇的视线总是在触碰到她的绝望之前匆匆瞥开，那天坐诊的蔡姐成为唯一向她递去纸巾的人——仿佛在即将溺亡时慌乱地拉住了一只手，她在急速下沉中途被打捞起来。蔡姐说："我们去城隍庙走走吧，走了九曲桥，就把人生的曲折都走完了呀。"那个寒冷的冬夜，她们走过弯折的桥，她将破碎的过去一一倾倒，蔡姐和石板上的十二月花雕都听见了她的眼泪。

再后来，女儿出生了，她又一次有了家庭的实感。女儿出生后的这几年里，她租住过很多个地方，一直没有一个固定的住所。看起来似乎是越搬越靠近市中心，实际上都是上海人眼中归属于"下只角"的地方。多年来辗转多个住所，一切都在变，唯一没有变化的，是窗外的按时点亮的黄色路灯，以及蔡姐延绵多年的关照。

虽说人生的曲折不能一次性走完，但她确实慢慢地扎下根来。凭借这几年积攒的努力，她从一个普通工人成为车间负责人，至少能够为女儿撑起一个简陋的家。踽踽独行于十里洋场，她如履薄冰，战战兢兢。好在这颠簸的一路都有蔡姐的陪同——女儿自小就多病，因为印刷厂工作性质特殊，她无法随时在家照顾，但总归是放心不下，便常请身为医生的蔡姐代为照顾，如此也省去了很多麻烦和开销。蔡姐说："我把你当成自家小妹呀。"她在冰窖里困了太久，原以为自己早就失去知觉，谁曾想只一句话就温暖得让她落下泪来，而这滴眼泪，终于和过去的悲伤无关。

在林立的高楼和拥挤的人群中，蔡姐是唯一温暖的存在，从某种意义上来说，是她生活中如黄色路灯一般的存在——这也是她最终会答应帮蔡姐的原因吧——她想报答这份恩情，所以不得不昧着良心。事实上良心有很多种，在人情和公序之间，她选择了离她更近的那一种——她在路灯的光照下太多年了。她也曾纠结过，如果她的女儿即将面临中考，如果她真的有可能提前为她拿到那份试卷，她会去做吗？在现实面前，蔡姐选择了"会"。她只是个爱女心切的母亲，企图利用身边一切可调动的资源来为女儿铺平道路。她能理解，却又无解。

那天下午，印刷厂解除了为期两周的封闭管理，甫一下班，她便匆匆赶去蔡姐那儿接女儿回家。她进门时，蔡姐正从厨房端菜出来，饭桌上已经摆好了碗筷——"我想着你过来正好是饭点了，多煮了点饭，留下来一块儿把晚饭吃了再回去吧。"她犹豫了一会儿，最终接过蔡姐盛好的饭，在桌旁坐了下来。

饭桌上，女儿兴奋地向许久未见的母亲分享学校里发生的各种事情，看着孩子手舞足蹈的样子，蔡姐触景生情般提到了自己的女儿："我家那个要是有囡囡这般让父母省心就好了。"

"小囡这么乖巧懂事呢，小小年纪就住学校了，可半点儿不让人操心。"

"哎呀,怎么不让人操心,这都快中考了,单数学一门就能把她拖得进不了高中,我和她爸都急坏了!给她请了家教又不认真上,给她买题目又不肯练,你说说这怎么能考好……"

蔡姐紧拧一双眉,絮絮叨叨地数落着,筷子握在手中不停地上下飞舞,能看出来是憋了很久的抱怨。她只能在旁默默地听着,安慰一些仅够起到修饰作用的苍白话语。

情绪似乎积攒够了,蔡姐的话音忽然停顿,由激烈的责备变作了欲言又止的嗫嚅:"……小周啊,我听小道消息说上海的中考试卷好像是在你们单位印刷,你们这边是可以拿到试题的吧?姐实在是没办法了啊,要是我能替她考,我就去了……小囡要是连高中都上不了,未来可怎么办啊……"

再迟钝的人也明白了话中的含义。多年来的职业操守让她本能地想要拒绝,可坐在她面前的人是蔡姐,是多次给予了她一生无法回报的帮助的恩人,她说不出口。

感受到了她的沉默,蔡姐止住了声音,无奈而温和道:"没事的小周,你多点时间考虑一下,我也知道这很难,要有其他办法的话,我不会来麻烦你……就算是为了小囡吧，你也是看着她长大的……"那一瞬间，她觉得蔡姐苍老了很多。蔡姐不会不知道这种做法是在触碰法律的红线，所以才会露出那样明知不可为而为之的复杂神情，是走投无路，她没想过会出现在蔡姐的脸上，那样的表情不应该出现在一个那样善良的人的脸上。

她只记得后面的每一口饭她都咽得无比艰难，像吞下一颗颗棱角锋利的石块，最终以狼狈且羞愧的姿态逃出了门。那也是个寒夜，和她和蔡姐走在九曲桥的那天晚上一样冷。不远处高架路上车子开过的速度很快，那些汽车开过时的呼啸、冷风灌进窗口的尖叫，以及她那间廉价出租屋里老鼠的窸窣，一阵又一阵地传过来。她坐在嘈杂的声响中，被淹没在夜的寂静里，看见窗外街道上的路灯似乎一盏连着一盏地出现，光纠缠成一片，又忽然熄灭。像是没有什么尽头，又好像尽头其实就是在那里。

她想当这件事情没有发生过，可后来的几个月，蔡姐无奈的话语却总是试探性地出现，带着第一次的复杂神情，每多出现一次，就多一把钩子扯在她身上，钩子后面挂着沉重的锁，她拖不动，也逃不开。最后，她答应了。蔡姐的神情变了——感恩、激动，像抓住了最后一根稻草。这样的表情也不该出现在她的脸上——或者说，这样的荒谬想法在提出的那刻就不该这样收尾。可她还是答应去做了——那是她的恩人，因此她不得不选择背上枷锁。

作为在车间工作数年的工人，她对印刷流程再熟悉不过了。她私藏手机，躲过监控，将试卷带回宿舍，拍下来传送给了蔡姐，整个过程小心而缜密，像极了这几年她的生活，战战兢兢——她侥幸地希望鱼和熊掌能够兼得。宿舍的窗户正对着工厂，外面没有那些发着黄色光亮的路灯，她反倒松了一口气——她是背负着枷锁的，路灯会照见她身上的锁链。那些日子，以及后来更加久远的日子，她都好似人心的囚徒，尽管放轻了步子，刻意躲避路灯的光亮，却依旧能听见锁链的声响。她常常怀疑自己这步伐究竟是该往前还是往后。也许，往后也是没关系的。她渴望无愧于心，无愧于蔡姐，但也可能，她的羞愧是她痛苦的根源。

中考试卷印刷封闭管理结束后，她赶上最后一班地铁回到了家。大街上的黄色路灯早已亮起，织成密密麻麻的网，一网接着一网，连绵不尽，于是便知道，她走不出这张网了。她背靠着门，却失重般跌下，手机的屏幕骤然放射出冷光，亮莹莹的，将浓厚的黑暗灼出一个洞。聊天记录的对话是破碎断片的虚妄，是难以避开的人心，是跌跌撞撞的自己。高架桥上车辆疾驰而过的声音在宁静的夏夜里格外喧嚣，车灯一帧一帧亮过女儿熟睡的脸庞，稚嫩而无瑕。她一直等到路灯熄灭，才将对话框中的"好"删去，重新敲出一段文字，按下发送，随即熄了屏，融进将明未明的黑暗中。

——"不用了，蔡姐，你帮了我那么多，这是我该报答的。"

中考结束一个月后，九曲桥的冬夜早已远去，高架上的寒风也没有再吹。夏天的傍晚，路灯开始照明的时间推迟了，警察敲响了她住过的最后一间出租屋的门。

她最终还是没有逃过枷锁。倘若躲开路灯，就能避免产生阴影吗？

她不知道。她在等路灯真切地亮起来。

暗，亮，暗，亮，暗，暗，暗。

卢蕴烊

四川大学文学与新闻学院　2022级本科生

【命题小说篇】

警·情

益胜拉姆

今天是儿子中考的第二天。

我起得很早,给他做了一顿简单的早饭,然后就把他送上了公交车。

今天比昨天多对他说了几次不要紧张,因为今天早上要考的是儿子不太擅长的数学。

他一直都很努力,所以我告诉自己,曾经那么多个夜晚看着他在台灯下面刷题,今天也不会出什么差错的。

怀着有些忐忑的心,我转身离开了车站。

上楼的时候,我遇见了楼下的邻居蔡医生。

蔡医生似乎工作很忙,而且她也确实不是热络的人。所以平日里我们遇见时,只是礼节性地点头,但今天,似乎有些不同寻常。

起初,我以为我们多出的寒暄,只是因为她女儿也和我儿子一样大,今天也在中考。

"你送完你儿子了？"她看向我。

"是啊，你女儿呢？今天考数学，还蛮紧张的。"

"老孙已经把她送过去了。我也紧张，所以准备和老孙一起在考场外面陪考。"蔡医生笑着回答。

我们简单地交流了几句就道别了。

工作结束之后，我早早就回家，做好了饭等待儿子回来。

设想了无数种他回家时会有的表情，但我还是没能看懂他真正走进玄关时复杂的神色。

"妈妈，我好害怕。"他看着我，换好拖鞋就径直走到我旁边的沙发上坐下。

"为什么？"我甚至已经把安慰的话打好了腹稿，只是他接下来的话，也让我怔住了。

"今天数学 24、25 题，和我们朱老师前面发在群里的题很像，我害怕是泄题，这样会影响到我的成绩吧。"儿子愁眉不展，我明白，他的情绪已经很不好了。

我小心翼翼地确定了很多遍，儿子坚持说，朱老师发在群里的题和中考题的相似度非常之高。

事关重大，如果是真的泄题，儿子的成绩是不是有效的，我也不敢确定。

我想，社会评论家要是在这一秒听闻了这样的事，应该会大谈特谈应试教育如何把人逼上绝路了。但我只是一个普通的母亲。我应该也只能和我的孩子一起，去面对这安排好后程序化的一切。

我一直为我的儿子骄傲，因为他乐观开朗，正直善良。我也一直以为自己是当好了母亲这个角色的。

要是今天儿子考砸了，我会鼓励他。不是鼓励他下一次拿满分，是鼓励他接纳失败接纳自己。

但眼下的情况，我不知道该怎么办。

我应该说"儿子，没关系，不要把这事说出去"吗？那样做不是我希望的。

直到最后，我也只说了一句话。

"儿子，明天还有考试，早点休息吧，这件事交给妈妈就好。"

交给我，就能好吗？我其实也不知道。

但我知道，如果真的有泄题这种事，纸是包不住火的。

英语考试是最后一场考试，我一直在思考，警察了解情况的电话什么时候打来。

希望是在考试结束之后,因为我希望今天能够亲自接儿子出来。起码那一刻,我们可以分享解放了的喜悦。

还好,目前为止,儿子说的事,还没有开始发酵。

我忧心忡忡地站在考场门口,身边是依然陪考的蔡医生和她的丈夫老孙。

"昨天的数学考试,你孩子回来怎么说啊?"蔡医生似乎看出了我脸上藏不住的不安。

"他说他们老师之前在群里发的题,和中考题很像。"我如实回答。

"那他一定考得不错吧。"看起来蔡医生只是认为是同类型的题。

"虽然很像,但是他们老师说,题目抄错了,所以我儿子最后没做完。"

"老师把题目抄错了?手写的题目吗?"我看见蔡医生的笑容在逐渐变浅,像风里挂不住的叶子。

很奇怪,我瞬间对她产生莫名其妙的怀疑。

"对,是 24、25 题。"我试探一般开口。

"哦哦,是吗?"蔡医生明显不想和我接着交谈了。

那时的我,只是怀疑蔡医生知道儿子的老师可能泄题了这件事。

【命题小说篇】

可惜事情远远没有这么简单。

变数,发生在距离考试结束十五分钟的播报声响起时。

蔡医生和老孙,因为一通电话,都神色晦暗地离开了考场门前。

中考结束了,我带着儿子去吃了他最喜欢的火锅。

"妈妈,和我一起在那个群里的同学,昨晚就把这件事传出去了。"儿子边吃边说。

"朱老师好像已经知道这件事了。但他好像也不知道自己那天发的是中考题,他说是别的老师给他发的题。"

热腾腾的火锅冒着气,我看不清儿子的表情,但他是边吃边说的,说明事情也许不会波及我们。

我稍微定了下心。

"中考公平吗?"

"上海中考数学疑似泄题"

回家之后,我看见儿子正在浏览着这些微博词条。

看来今天一定会被叫去了解情况了。

我只能在那之前,反复和儿子确认,那天收到了这几道题之后,儿子是不知情且没有继续传播的。

晚上，警察的电话响起。我和儿子赶到了警局。

警察给我们倒了两杯开水。

问询的最后，我紧张地双手环住纸杯，嗫嚅着开口。

"警察同志，蔡医生那种情况，是不是一定要判刑？会判多久？对她女儿影响大吗？"

我不该问这些的，在所有人都以为我不了解这么具体的情况的时候。

这是自找麻烦。给我，也给我儿子找麻烦。

但我是一个母亲，我明白这个身份的重量。对孩子的重量，对家庭的重量。

事情水落石出之前，我不想先评判对错。我只想得知结果。

在下午和儿子坐在公交车上，收到蔡医生的短信的时候，我就打算这么做了。

她说泄题的事源头在她。

最后她在短信里写："我不是个合格的母亲，如果我女儿有什么事，麻烦你多照顾一下她。实在对不起。"

后来，蔡医生被批准逮捕了。

消息席卷了爱分享八卦的中老年业主群，席卷了塞满特邀评论员和愤青的微博。

我没有加入其中，儿子也很沉默，没有抱怨很多。

从头到尾，他只是说，妈妈，楼下那家人的女儿好可怜，她没有错，不是吗？

我一直为我的儿子骄傲，因为他乐观开朗，正直善良。

该站在谁的角度，又该去批判谁，我不知道。但我直观地看见，身边的一个家庭，就那样破碎了。

蔡医生女儿未来的生活，该怎么度过呢？蔡医生将来怎么在这个社会继续生活下去呢？

在官方发布警情通报的那个下午，天也很阴沉。

我看完了那张蓝底白字的图片，心里想，蔡医生，不仅是不合格的母亲，也是不合格的医生。

究竟什么样的交情，让在车间工作的"周某"就那样藐视规则地替"蔡某"偷出了中考试卷呢？

她或许是比蔡医生更不称职的母亲，她在"以身作则"地犯错。

她们的错，结出的果，甚至会苦到子女身上，这是互联网时代一种新式的"连坐"。

我拿着手机上楼，楼道的灯光很暗，我只能跺脚让感应灯亮起。

走到楼下的时候，我看见有人蜷缩在蔡医生家的门前。

"怎么在地上蹲着呢，多凉。"

我明白了，那是蔡医生的女儿。

她会有多难过呢？看见妈妈被逮捕的通报，得知妈妈以所谓的"为她好"做出那种行径而被逮捕。

她在逃避吗？逃避世界的目光，逃避对于这件事那些多余的迁怒。

儿子说，她好可怜。这瞬间，我似乎更深切地感受到了。

我知道，在事发之前，她也只是个为了中考努力刷题的女孩，和儿子一样，和千千万万普通考生一样，寒窗苦读了九年。

在所有人因为这些读书吃的苦被轻易地替换成一场关于卷子的交易而愤怒的时候，她只能哑巴吃黄连。

"阿姨，我该怎么办？现在哪里都找不到妈妈了。"她哭着。

我把手机上的警情通报关闭，走上前扶她起来。

【命题小说篇】

那天我和她说了很多,儿子也一起劝导她不要太过消沉。

这样的事情真切地发生在我们身边时,谁都没有办法简单地定论。

只是我希望,"周某"的孩子,也能有人陪伴,有人引导。

一系列"巧合"之下才败露的龌龊行径,让"蔡医生"变成"蔡某","周负责人"变成"周某"的作案过程,无可置疑地变成了上海中考历史上最耻辱的一页。

那天蔡医生发给我短信之后,我回复:如你真的做了这样的事,承担完该承担的,就回来弥补该弥补的吧。

她没有再回复。

益胜拉姆

四川大学文学与新闻学院　2022级本科生

考生日记

徐萌阳

一

现在是 2021 年 11 月 11 日 0 点 17 分 49 秒。

惨白的灯光下是狰狞的成绩单。我横竖睡不着，仔细看了半夜，才从字缝里看出字来，满纸都写着三个字"考不上"！

早上，我静坐了一会。妈妈喊我吃饭，餐桌上，一碗菜，一碗蒸鱼；这鱼的眼睛，白而且硬，张着嘴，同那张扭曲的成绩单一样。吃了几筷，便觉得一阵反胃，将这饭菜兜肚连肠地吐出。

我说："妈妈，我不舒服，和爸爸说说，今天不去学校了吧！"妈妈没说话，单是指了指墙上猩红的中考倒计时牌子，找了片药，冲了杯蜂蜜水给我，轻轻说了句："没事，这是冬天上火，快去上学。"

【命题小说篇】

我坐着不动,研究他们如何摆布我;知道他们一定不肯放松,果然!妈妈喊来爸爸,爸爸皱着眉,"你看上去挺好的,"他摸了摸我的头,"没发烧,不要乱想,好好备考。"我没有回答,只是坐着,坐着,坐着。

晚上总是睡不着,脑子里总是惨白的成绩单和猩红的倒计时牌。想起来,我从顶上直冷到脚跟,口中发苦发干。我需要水。

推开房门,走到客厅取水,听到书房里传来了窸窸窣窣的交谈声,夹杂着几声叹息。他们好像在密谋什么。我走近,靠在门边,向内窥去。爸爸妈妈脸色铁青,他们手中正是那张惨白狰狞的成绩单。"她这个样子,一天浑浑噩噩,怎么进重点高中?不进重点怎么进双一流?不进双一流怎么成为社会精英?"爸爸低声道,"实在没法子了,去求一求小周吧。"妈妈叹了口气,欲言又止,但最后还是轻轻点了点头。

一连几天,都看到妈妈在阳台上,眼色很怪,打着电话。她的声音压得低沉,电话一打就是几个钟头。一连几天,在清晨或深夜,总会看到爸爸小心翼翼地往车上搬着各种贵重礼品。心生疑惑,我向他们问起,他们也只是含含糊糊地答道:"没事,别管,你只安心备考就好。"

我哪里猜得到他们的心思，究竟要怎样？

二

今天晚上，周阿姨和小阳来家里做客。我很开心，因为爸妈特赦我今晚可以不用做试卷。但是，爸妈看上去很紧张，好像今晚我就要进入中考考场。

小阳是周阿姨的女儿，我特别喜欢小阳。

小阳今年四岁，正是天真烂漫的年纪。小阳小的时候体弱，周阿姨在印刷厂上班，工作忙；我妈妈是医生，所以几乎每次小阳生病都是我妈妈带她去医院，给她煲汤煮饭。

小阳就像我的亲妹妹一样。

今天晚上的菜丰盛得有些过头。爸妈满面笑容，周阿姨笑容满面，他们的笑容都有些怪异，笑中全是难以言明的话。

"一转眼小阳都快五岁了呦！"爸爸咧着嘴，轻轻拍拍小阳的头。他的眼睛眯着，不时地用难以被察觉的余光向边上瞥去，仿佛在期待他的话语会"不经意"地落到谁的心里，会"顺理成章"地激起一些波纹。我看着，只是看着。

"是啊，这些年多亏了蔡姐和孙哥的照顾，我们小阳才能健康长大。"周阿姨起身,面朝我爸妈笑着,她的眼睛直直地盯着墙上的中考倒计时牌子,她的手紧紧攥着小阳的手。她好像在心中纠结着什么,难以做出决定。我看着,只是看着。

接下来的十几分钟,是无尽的沉默。

爸爸端着酒杯,凝视着杯中酒;妈妈起身,默默地烧水,给大家泡茶;周阿姨皱着眉,似在沉思,同时不停地给小阳夹菜,动作缓慢且略显机械。他们好像各怀心思。我看着,只是看着。

"茶泡好了。"妈妈的声音划破了这窒息的沉寂。屋子里的一切仿佛又上了发条,齿轮又恢复了转动,爸爸妈妈满面笑容,周阿姨笑容满面,大家静静地喝着茶。

"时候不早了,该回家睡觉啦!"周阿姨招呼着小阳。

"不再和姐姐玩一会儿?"妈妈轻抚着小阳的头。小阳扬起小脸,红红的小脸上溢着天真烂漫的快乐。

"不啦,姐姐马上中考了,不耽误姐姐复习哦。"周阿姨替小阳说道。

"那路上小心啊。小周,你单位是不是快要印刷中考试卷了啊?封闭管理的时候,就把小阳带到这来,我俩照顾她。"爸爸立在门口,目送周阿姨和小阳离开。

爸妈眼中含笑，那是一种心满意足的笑，好像我已经步入了重点高中的大门。

但我只是看着，看着。

三

日子如流水一般的过，倒计时牌子翻了一页又一页。

我在纸上写满密密麻麻的字，机械地填满一张又一张试卷，得到一个又一个苍白冰冷的数字。

我一刻不停，我一刻也不能停。大家说应试教育从来都是如此。

从来如此，便对么？

我倦了，我无法挣脱试卷的网，我动弹不得，只是坐着，坐着。

最近，妈妈总是在书房里写写画画，这很奇怪，因为平日她很少动笔。更反常的是，爸妈脸上挂着神秘的微笑，不舍昼夜，不知疲倦。

今天晚上，很好的月光。

现在是 2022 年 4 月 17 日 23 时 36 分 44 秒，我仍在机械地疾书。

妈妈推门悄悄进入，我只作沉思状，假装没有看到面前墙壁上微微的黑影。我对此习以为常，我知道妈妈是要给我递温牛奶，顺便监查我的学习状态。

但今天晚上递来的不是牛奶，而是一张手写的数学试卷。

"这是爸爸妈妈费尽周折搞到的押题卷，你务必好好做，必须把每一题吃透。"妈妈的语调很慢，语气郑重，字字有力，掷地有声，好像她在完成一项伟大的事业。说罢，她长呼一口气。我小心翼翼地接过卷纸，以恭敬之态将其轻轻置于桌上，抬头，看到妈妈眉头紧皱但嘴角微扬，是难以察觉的微扬，是看似严肃中的狂喜，从眼睛里喷出了狂喜的火焰。

我哪里猜得到他们的心思，究竟要怎样？

我没有多言，我也不能多言。我只是坐着，看着，写着，猜测着，彷徨着。

四

我从未这么认真地做过任何一张数学卷，除了这张手写卷。它是神圣的，我以深度的思考和工整的字迹来表达我对它的无比敬畏。冥冥之中，好像有人对我说，它能决定我的命运。我把它当作我的冈仁波齐峰。

但是，无论如何，24、25题终解不出来，我向爸爸求助。

爸爸没有半丝慌张，只把解题的重任郑重地委托给爷爷。爷爷是任教 40 余年的数学教师，经验丰富，能力卓越，99.9％的数学题都能被他轻松解出。但这 24、25 题是属于那 0.1％里面的。

距离中考只剩一周。

爷爷解不出来。但爷爷知道，他必须要把这两题解出来。从他儿子少有的严肃的神情，他知道这两题对于我们一家意义深重。爷爷向昔日的老友金爷爷求助。爷爷自信地说："你金爷爷一定能在中考前解出来，放心吧。"爷爷笑着，摸了摸我的头，我也笑了。

距离中考还有三天。

题目终究没有解出，爷爷说是题目有问题，是无解题。爸爸让我别多想，并命令我把手抄卷其余题再刷几遍加强记忆。

我莫名地心慌。

五

现在是 7 月 12 日 14 时 30 分，中考最后一门科目——数学考试，开始。

我深呼吸，微闭双眼，接过试卷。一种熟悉的感觉涌遍全身，我的双手颤抖了。

这张试卷我好像曾在哪儿见过。

我好像回到了那个夜晚，我听到了严肃的命令，我嗅到了狂喜的味道，我恍惚了，我眩晕了。面前的不是中考数学试卷，而是神圣的手抄卷，我被巨大的恐惧掀翻了。

我明白了他们的心思，明白了他们要怎样。他们不该这样。

我依旧机械地写着试卷，像是完成一种使命。

六

中考已经告一段落。没有轻松的感觉；相反，我的内心万分压抑，背负着一些沉重阴暗的秘密。

爸妈最近忧心忡忡，满腹心事。他们总是叹气，说一切都是为了我，应试教育下别无他法。

今天有警察上门走访调查，我向爸妈问起，他们支支吾吾遮遮掩掩，我没有多说一句，但我心里明白，我只是坐着看着。我知道那一天终究会到来。

翌日，黄昏时分，妈妈和周阿姨被逮捕，爸爸被依法取保候审。

没有悲伤的感觉，只有释然的感觉。

后来我才知道是爷爷托金爷爷解的那两题，传到了中考的学生手中。中考后，这消息迅速扩散，引起警方关注。

他们本不该这样。

又是一个月光很好的夜晚,我坐在桌前,微风略过,一张卷纸飘入我的视线,熟悉的笔迹刺进我的眼睛,我又感到一阵眩晕。

没有被这伤害的家庭,或者还有?

救救他们……

徐萌阳
四川大学文学与新闻学院　2022级本科生

帮帮忙

龚睿博

一

蔡芬搂着叠好的衣服在厅堂间穿梭,接连不断的絮叨伴着扫帚发出的声响,从各个角落传来。她正是如此兢兢业业,日复一日地为沙发上的父女营造观影时必不可少的耳旁风。

"你晓得我们楼下那屋的情况吗?住着一个叫周燕的,老公吃喝嫖赌,总是鬼影都找不见。她之前在印刷厂上班,现在怀孕了——你抬下脚!今天她一个人来做产检,开始我都没认出来是邻居,后来我们就聊起来了。"

"啧,老公都留不住的女人也太失败了吧!"孙志杰打趣道,满脸横肉使他笑咪着的眼睛显得更小了。蔡芬白了他一眼,随后训斥起陶醉于电视机的女儿,经过几轮拉锯战,女儿不情愿地回了房间。夫妇俩也上床休息,各自刷着手机。

"那个周燕啊,她跟我说她那个车间主要是印试卷的,我看她也怪可怜的,我多帮帮她,那她那儿有什么卷子都可以给我们可昕练习嘛,这也不是什么大不了的事!"蔡芬踢了踢丈夫绵软的小腿。

"你这,你们女人这么多歪脑筋,天天做这些无用功,我都不想说你!"孙志杰不屑地摇着头。

蔡芬火气上来,质问:"我做无用功?那你那个天天亏本的生意打算做到什么时候?家里赔了多少钱进去?我早都给你联系好进那个厂去,你还给别人摆脸子不愿意去!不是我找关系有哪个地方会要你?你……"

"你天天叨叨有完没完!我现在快五十了,这么多年每次创业都没结果。我运气差我命不好!每次都碰上行情不好的时候。那我现在灰溜溜地去厂里打工拿几千块钱死工资?我话都说出去了,我是个男人!我不要面子的?"孙志杰拍掉妻子的手机,恶狠狠地瞪着她,"头发长见识短!跟你说了你也不懂,大哥都给我透底了,再撑一段时间就会好起来。你就等着吧!"

蔡芬早看透这个幼稚无用的男人,不再理会,只是心里暗自发笑。

夜深人静，背后的丈夫睡熟了，她总在这时反刍人生过往。自己到底走错了哪几步？那些风光的精明人的笑脸在她脑海中挥之不去。原来所有人都在往上走，只有自己后知后觉、原地踏步，只有自己的命运早已封存在庸常的操劳中。她禁不住抽泣起来，无声地抹着眼泪。

二

几年来，女儿的成绩问题和青春期的叛逆使家庭氛围不断恶化。进入初三，孙可昕成绩一落千丈。这天晚上，母女俩默契而无奈地意识到又一场争吵在所难免。

孙可昕把书包朝蔡芬扔过去："你们这代人，吃尽了时代的红利，还真以为是自己有本事，你们根本不知道我们面对的是什么！"她又从茶几上胡乱地抓起东西砸碎，"你们不要再逼我！不要再逼我！"

蔡芬把书包挡开，没听懂女儿在说什么，便直接指着孙可昕骂道："怎么？你翅膀硬了？我没本事我把你供这么大？我没本事我让你上最好的学校？我怎么不逼别人家的孩子？我是你妈我会害你吗？"

"我求着你了吗？你经过我同意了吗就把我带到这个世界上？你好大的本事要让我到这个世界上来受苦！"孙可昕不断吼叫着，尖锐刺耳的声音从她的身体里迸发溅射出来,她现在是一座熔岩喷涌的火山。

见女儿这副模样,蔡芬盛怒的烈火被一阵狂风席卷湮灭,她的内心顿时陷入一片充满迷茫与困惑的黑暗虚空之中。随后她感受到莫名而强烈的恐惧。她手足无措、哑口无言,只是静静地注视着女儿,想更认识她一些。

孙可昕渐渐平息下来,居高临下地与母亲对视着。她看不透那双眼睛里的思绪,于是冲进房间把门一甩——房门爆炸似的声响又一次震撼了一个母亲的灵魂。

蔡芬想不通,为什么女儿会说出那么奇怪那么尖锐的话。她感到一阵晕眩,跌坐在沙发上。

世界渐渐在泪水的挥发中通透明亮起来,她缓缓起身,打开了那扇坚硬的门。黑暗中孙可昕背对她,趴在床上抽噎着。蔡芬在女儿身边躺下,轻轻抚摸她的背。

"妈妈对不起……我知道我没用,努力也没用……但我会尽力的……我也想有更好的未来……"

蔡芬紧紧抱住女儿,摇着头。

墙上的挂钟滴答滴答地响着。指针似乎慢下来,直至倒回,倒回十几年前,那时的蔡芬会把手放在隆起的肚子上,感受女儿生命的律动。在这个时刻,经历怀胎十月的共生之后分离独立的母体与胎儿之间似乎再次长出一条脐带,母女二人在黑暗与沉默中达成和解。

母亲应该送女儿去更高的地方,不能让她像自己一样。

三

周燕自懂事起便天真自得地维护着周围对她女性品德的赞誉。丈夫是家里人安排相亲认识的。他在老家树立的形象是走南闯北的商人,许下带她去上海发展的承诺,羡煞旁人。可这个看上去老实稳重的男人,婚后不久便暴露了本性。她忍过、闹过,可是没人站在自己这边,母亲把她扫地出门时只留下一句"这么多年养你个赔钱货好不容易才给我赚点面子,放着好好的日子不过,想离婚门都没有!"此后多年再没有联系——好像她从来不是他们家的人。她知道,丈夫给的彩礼钱也是她弟弟讨老婆的彩礼钱。她知道,丈夫绝不会和自己离婚,他要让他家里人相信他在上海过着美满的生活。

这么多年,丈夫偶尔回家,她总以为那是他回心转意的表现,可每次只得到他甩门而出的背影。后来她怀孕了,他回来照顾她。她以为丈夫改过自新了,感觉他们感情升温了,模仿着幸福家庭中的妻子那样耍了点小脾气,最后却猝不及防地挨了几个耳光,附赠着冷嘲热讽。

女儿出生了,她看见立在床边的他胸口克制的起伏,平静地接受了他的离开。

她无数次抱着女儿在空荡荡的家中痛哭。最后一次,泪水也流尽了,她突然发现抱着女儿的双手是那么有力气。她回到曾经工作的印刷厂,初来上海时丈夫给她安排了这里的闲职,可现在她不能再依靠他了。厂里不认她这号人,尤其她还不可理喻地休了产假。

车间主任似乎了解她的遭遇,过来拉住她的手,领着她在各个办公室之间穿梭,最后她留了下来。那双厚实温热的手她永远记得,她也想拥有那样一双手。

她只能用微薄的薪水将女儿送去托管。蔡姐来探望她,紧握着她的手:"女儿给我带!我认她当我干女儿!你放心去上你的班,我们女人还是要有自己的事业!"

她踏实地干了几年,从退休主任那儿接替了梦寐以求的位置。她胆怯地享受了放纵自己卑小的心膨胀的感觉,随后她惊恐地发现膨胀使她轻飘起来。那一刻像气泡破碎,她又落回了地面。她还是习惯谦卑地低着头。

脚下坚实的土地,唯有一道裂隙。

"那以前你不是也可以帮我搞点卷子吗?中考试卷肯定严一点,但你现在都升主任了!你想想办法呀!""你也是有女儿的人啊!我唯一的盼头就是她了!""你也是看着她长大的呀!"……近几个月,这些话不断在她耳边回响。

她苦涩地笑了笑,拨打了蔡姐的电话。这个夜晚,她让自己坠落进那道无底的裂隙中去。

四

蔡芬躲进消防通道,点开了新收到的照片,拍摄内容是揉得皱巴巴的那种一眼能认出的劣质纸,上面的打印不甚均匀清晰,排版也很奇怪。大概是准备销毁的残次品,但估计也是燕子能拿到的最好的了。

注射了恐惧与快感而麻醉的她在走廊上的行走犹如一种邪典的舞蹈。同事小心地拍了拍她,通知今晚加班。她咬牙切齿,痛恨快意如此迅速地消逝。

她凌晨两点到家,给熟睡的女儿和干女儿盖好被子后便来到书房。明天休假,接下来几天要在医院连轴转,离中考也没剩几天。她决意今晚誊抄好卷子,让女儿一早就能做上。

三点半时还剩最后两道大题。强烈的疲惫困意与任务即将完成而激发出的强大意志力撕扯着她,她体内像是有千万只发热的虫子在蠕动爬行。为了尽快得到解放,便尽可能地迅速而简略。最后搁笔的时刻,她就像突然放松的弦,直接收缩瘫倒在旁边的沙发上,在眼球的干涩胀痛与眼皮的跳动中沉沉睡去。

渐渐只剩黑夜浮动着,人间或扑腾一下,含着几声呓语,桌面上的纸页翻动,被误解的字符悄悄露出狰狞的笑。

五

第二天蔡芬陪女儿反复而详尽地做了一天的题,剩下最后两道无能为力,只好向身为退休教师的公公求助。她做的事,没告诉女儿和丈夫,更不会告诉公公,否则不知他要大谈特谈多久做人的道理。

正晒着太阳的孙喆权收到消息后从躺椅上腾起,要为孙辈的前途做最后燃烧,即使已预料到以自己的能力只是无济于事。在他们那个时代,他凭借所谓人情世故上的一些聪明当上了老师,过了多年安逸的生活。可是后来题目越来越难、学生越来越聪明、年轻教师越来越能干,他吃力地应付过了职业生涯的最后几年,无比庆幸自己坑占得早、退休得早。

【命题小说篇】

孙喆权在老伴的嗤笑中与题目僵持了两小时,只好遗憾地认命。但他不愿告诉儿媳真相,也拉不下脸去请教年轻教师,便将题目发给下象棋认识的朋友老金,由他去联系。

金志宏正在校园里遛弯,收到消息后便朝办公室走去。"小赵小朱!正好都在啊!你们两个帮我做下题——朋友托我帮忙——看看你们谁更厉害?哈哈哈!"三人寒暄几句,金志宏便大摇大摆地离开了。只剩两双心照不宣的眼睛,打火石般不经意地碰撞了几下。

金志宏只是年纪大了图清闲才退居二线,挂个闲职,实际在学校仍是举足轻重。其实金志宏对小赵小朱都挺喜欢的,提拔谁都可以,甚至两个都提拔也没问题。但是年轻人不正是需要多锻炼嘛?其实他也不懂这些年轻老师怎么这么卖力,但是看他们围着自己争来争去不也挺有意思的嘛?他乐呵着。

赵老师立刻上手了,朱老师这几天埋在教案、新闻稿、报告、家长打卡各种杂事里抽不开身,马上还要去班上开班会,便直接发到班级群让学生去做。

直到晚上她才腾出空来对付这两道题,很快便发现了问题,于是通知学生题目有误,不用做了。从始至终群里并没有任何回复——但这个群的火热已注定在中考数学结束后出现。

朱老师告诉老金题是错题,可老金是外行,不懂这些,只觉得没法给人交代,便不断回避着老孙。孙喆权也干脆不回复儿媳了。蔡芬迟迟没有等来答复,也想着算了吧,女儿的数学基本稳了。

所有人都以为可以甩掉这个烦恼,他们不知道烦恼会像慢性病一样时隐时现,像癌细胞一样蛰伏繁衍。

六

考场外,蔡芬泪眼中看着女儿已渐渐成熟的脸,紧张又坚决。

"可昕,别的我就不多说了,但无论考场里发生什么,都要保持冷静。"

蔡芬看着女儿走进考场的背影,好像看到她走向光明的未来。

她不知道女儿出考场后会感激又憎恨地在自己怀里痛哭;她不知道几天后会在震颤中看到中考泄题的新闻;她不知道自己一家将在左邻右舍的围观和警笛的轰鸣中被带走;她不知道自己差点改变千万人的命运……

【命题小说篇】

但是她祈祷,一直祈祷,为女儿祈祷——一个光明的未来。

龚睿博
四川大学文学与新闻学院　2022级本科生

【命题小说之二·乐府诗改写】

汉乐府《饮马长城窟行》

青青河畔草,绵绵思远道。远道不可思,宿昔梦见之。梦见在我旁,忽觉在他乡。他乡各异县,展转不相见。枯桑知天风,海水知天寒。入门各自媚,谁肯相为言。客从远方来,遗我双鲤鱼。呼儿烹鲤鱼,中有尺素书。长跪读素书,书中竟何如?上言加餐饭,下言长相忆。

命题:请根据此诗的自白和情境展开想象,叙述出一个它背后的故事。

归乡

任茜

这是我回到故乡的第三个月，妻子收到了一封家书。

薄薄的信笺之上只有寥寥数字——加餐饭，长相忆。

纸上的墨迹早已干涸，潦草的笔画中显出些许仓促。

大概是送信的那位同乡路上遇事耽搁，以至三个月后这封信才辗转到达收信人手中。我猜，再过三个月，她可能还会收到一封。

她轻握着信笺的手微微颤抖，眼眶渐渐染上绯色。是因为漫长等待后终于如愿的欣喜，还是责怪对方寥寥六字的敷衍？我无从知晓。

短短两句话，她却看了一遍又一遍，似是试图从中寻觅出更多深藏的意蕴。终于她放弃了，因为那个尚在襁褓中的小生命——我们才出生不久的女儿，开始用哭闹呼唤着自己的母亲。

可能是饿了。

我想伸出手去抱抱孩子，却在还未触及时被妻子抢先一步。我讪讪地收回悬在半空的手，看着妻子抱着孩子转身进入厨房。

妻子应该是因为那封潦草的信生气了，所以她不再给我们一起种下的那株兰花浇水。

我嗅到越来越浓烈的香气——这是枯萎的前兆。水分像时间一样流失、蒸发。它曾经孤傲地挺立着，头颅高昂，现在却不得不佝偻着身躯，像一位行将就木的老妪。

这一报复性的举动并没有让妻子开心。

她最近睡得很不踏实，紧锁的眉头中总有抚不平的愁。有时她会突然惊醒，窗外是弥漫的墨色，染成一汪静默的深潭；有时她在睡梦中眼角沁出几滴泪，滚落在绣花枕头上——枕头上绣了一对鸳鸯，是我们成婚时她亲手绣的，用的上好的正红色丝线。

灯烛火舌闪动跳跃，窗是紧闭的。

我听见她对女儿呢喃："我梦见你父亲回来了。"

我突然间对那个存在于她梦境中的"我"生出些许羡慕，至少在那个虚无缥缈的梦境里，"他"能真切地与她相见，能与她倾诉心声，共享那份无言的亲密。而我却只能在清醒的现实中遥望着她。咫尺之间，相距万里。

【命题小说篇】

我多想告诉她:"我就在你身边。"

但我难以发出声音,嗓子像被死死扼住,如同搁浅濒死的鱼,当我每一次尝试说话时。于是我只能选择默无声息。在黑暗中,在沉默中,在她身边的每个角落,我无处不在。

沉淀的记忆趁着夜色翻涌。今夜没有月亮,黑暗中隐隐有老鼠啃食木板的声音。

我想起春天新发的嫩芽,夏天海边的礁石,秋天青草上的霜和冬天泥土里结的冰。我想起卧在船上,两旁的青山向后退去。想起无数个伴着松涛入睡的夜晚和迎着东方微光的清晨。

那些伏案苦读过的书籍中的字句在眼前迅速掠过,却看不真切。嘈杂的"之乎者也"在大脑中疯狂地膨胀、回旋,从眼睛、耳朵、嘴中溢出,像一群无序的幽灵四处逃窜,又在伸手触碰的那一刻如大雾消散,只剩下淡淡的墨香萦绕鼻尖。

踏过的尖锐的石头变成京城的万家灯火,我站在山顶上,繁星在脚底下。

我常常想,当初的决定也许是个错误。我终究为自己的一意孤行付出了代价。但她好像永远支持我,只是在离别时转过身悄悄抹了眼泪。

分别的那天是一个大晴天，太阳明晃晃的，她眼中的泪也是明晃晃的。她什么都没说，往我的包袱里多塞了几个白面饼。

我走上了一条路，我以为那条路会和那天的阳光一样明亮。

远古哲人的声音像从海底传出的鲸的悲鸣，那是一种神秘而迷人的召唤，于是她的思念沉没在浪潮里。

我大概不算一位好丈夫，但她的确是位好妻子。她绣出的花能让春天永驻，磨出的墨能生出月光，手下飘出的炊烟唤得回远行的游子，口中吐出的诗句激得起万里波涛。

她用灵巧的双手为我缝制过一张手帕，离开时我没有带走。或许是怕舟车劳顿弄脏了它，或许是想给妻子留下点念想——我太自私了，选择远行却又不愿她忘记我。

现在我终于回来了，带着曾经梦寐以求的东西——声名、财富与万人敬仰，但也的确失去了一些最重要的东西。

她似乎开始怀疑，因为清晨微开的门和窗边飘来的花。她虔诚地祈祷，朝着那条路，朝着我离开的方向。

【命题小说篇】

但那显然是无用的,因为我早已不在远方。

我的身体在发生着某些奇异的变化,每天醒来,都身处不同的地方。有时是带着锅灰的灶台,有时是长满杂草的泥土,有时是河畔停着白鹭的沙洲。

河岸是潮湿的,绿色的,亲切的。让我想起遥远的某一天。

我们相遇在铺满青草的河岸。那时她还不被称作谁的妻子或是谁的母亲。绿意蔓延成汪洋,我们是摇摆的舟。我记得那天的阳光与风,记得少女微红的脸和她鞋头绣的两朵兰花。

我们曾在烛火旁促膝长谈,在桂花树下欣赏同一轮明月,在寒冷的冬夜里相拥而眠。我们满怀期待地讨论孩子的姓名,我希望他是一个聪明活泼的孩子,而她只愿我们的孩子快乐健康。

当青草再一次铺满河岸的时候,我看见我的尸体腐烂在泥土里,蝼蚁在啃食我的筋肉,蚯蚓在我的骨缝中穿行——我不记得自己是怎么死的,豺狼虎豹或是土匪强盗,漂泊的浮萍,总是能轻易地被连根拔起。

从那时起,她便长久地凝望远方,青丝悄无声息地褪色,皱纹如枝丫般疯长。她成了枯萎的兰花。

131

而我永远停留在了那一天。我的身体依然健壮，头发仍乌黑发亮，甚至拥有比以往更敏捷的思维。我站在她身后，像一棵枝繁叶茂的大树。

旁人劝她，别等了。她不开口，只是固执地笑笑。

女儿学会说话后，总眨着大眼睛问她："娘，父亲在哪儿？"唯有这时她的眼中才流露出深切的悲伤。

河岸的青草早已齐腰，凛冽的寒风和灼热的骄阳甚至是摧枯拉朽的野火都对这些倔强的小东西无可奈何，春风一吹，它们就又充满新鲜的汁液和生命了。自然界就是这样，花落了会再开，草枯了会再生，太阳下山第二天又热腾腾地升起。他们说人是最伟大的生物，可是你看，明明我们才是最脆弱的存在。

后来，她的身旁多了一个人。他陪她伫立，陪她养育我们的女儿。而她的手中，多了一张绣着兰花的手帕——和她鞋上的那朵一模一样。我知道，那不是给我的。于是我站得更远了一些。

终于有一天，我遇见了"他"——她梦里的"我"。

我们相顾无言，看着面前这张无比熟悉的脸，我感到前所未有的陌生与恐惧。

我看见透明的身体在风中化成沙粒，"他"的声音像是从遥远的灯塔上飘来。

他问:"你还有什么想对她说的吗?"

我沉思片刻,缓缓开口:

"加餐饭,长相忘。"

我知道,我会回到另一个潮湿的、绿色的、亲切的故乡。

任茜

四川大学文学与新闻学院　2022级本科生

青草记

周文

刚刚走过的那片烂河滩上，是不是已经长草芽了？不然河畔怎么远看上去青幽幽的呢？就连那河上的云，似乎也被这地上的绿感染。这么想来，他好像真的看到过那些根部泡在水洼里的青草，那些脑袋像笋尖一样的青草，那些被马啃得湿淋淋的青草，叶片被一层晶莹的亮色包裹。

还有那两棵可爱的白桦树，因为没有叶子，一直纤细安静地站着，在风里摇曳。但这时候，他听见了不知从何而来的悠远的沙沙声。

大树回过头，远望了一眼。没有望见河滩，只见身后是留有众人脚印的砾石坡，在阳光下深一团浅一团。他才发觉自己已经走了很远的路，膝盖又僵又酸，仿佛一头拉着磨走了三天三夜的驴，而磨子里的谷壳和粉末则落下来，塞在他的脚底，慢慢结出一层坚硬的壳,成了他的蹄子。大树口干舌燥,此刻唯一的想法就是,如果能喝一口井里打起来的水可多好——他有半年没喝过自家井里的水了。当然,他还想离前面的人远一点,那人的头发上有股扑鼻的羊膻味。或许他原来是个放羊的,平常游荡在一望无际的青草地上,夜里就把头枕在羊嚼过的草料上酣睡。大树想象着那些散在青草地中间的黑瘦的羊,它们黑黢黢的粪球,还有油光水滑的身躯。

突然,膻味从四面八方一下子包围上来,他的眼前只剩下一片丛林似的油乎乎的黑。大树往后趔趄了两步,把脸从那团油中间拔出来。原来就在他恍惚的当儿,前面的人早已停下脚步,而他则重重地撞在了放羊人的身上。大军不再行进,方才裹挟着他前进的那些骇人的大个子根本没注意到身旁的小插曲,都像石化了似的,矗立在他周围。只有放羊人身上的锁子甲,随着他的动作发出哗啦啦风铃似的声音,那阵响动过后,就是彻底的死寂。放羊人没有回头。

大树吃了一脸油,觉得有些受伤。

他驼背站在那儿,听将军训话,听列队的脚步声。

在花白的阳光下,大树依稀看见自己鼻头上有一层橙黄的油光。多好哇，他暗暗惊叹，仿佛不知哪里来了一位满身草香的神仙，在他干瘪的皮囊上随便涂抹了几笔。现在，他全部的生命都被太阳炙烤着，温暖极了。他陶醉地眯起眼，油光在视野的细缝中一点点流动，马上要凝成泪珠，从眼眶里滚出来。钢盔戴在头上，他有多久没好好看过自己的鼻头了！沙子打在脸上，夜色笼着，干风吹着，那身体里的一点油水，早就被抽干了，没想到鼻头上竟然还剩了点！

一声战鼓打来，大树吓得够呛，眼睛瞪大，那点颜色一溜烟不见了。他离鼓手很近。两边的人把佩刀抽出来举在手里，大步向前冲去。大树回过神来的时候，放羊人的后脑勺也远了，他跟跟跄跄跟着跑起来，一边跑，一边伸手去摸腰间挂着的刀。

大树只会用刀割肉，劈柴。不过，他还是把刀扯出来，拎在手上。放羊人也把刀拎在手上，看上去比他熟练不了多少。

大军在砾石地上奔腾。

眼前人的后脑勺剧烈起伏抖动着，已经看不真切了。大树奔跑着，突然想起很早之前歇过脚的又小又破的驿站。对了，他在那儿给妻子去的信，该到了吧？或者早被搞丢了吧?

妻子躺下来,把细软的头发浸在水里的时候,她的浑圆的后脑勺的轮廓隐约可见,黑黑的秀发上一股土皂角的香气。她打理一会自己的头发,招招手叫大树过去,就这么躺着和他说话。这个细手细脚的女人,活像是谁用刀一下下削出来的,唯独她的后脑勺不一样,那是妻子身上最圆润的地方。大树出去干活,她不先烧饭,一定要倚在树底下等他。天色暗了,大树从田里回来,妻子才在灶边淘米。那时候,她就说她不饿了。

前一阵子,大树三更半夜做过一个梦,梦见妻子四肢皱缩,抽成了柳条,整个人转瞬间不见了踪影。

醒来后,他慌忙写了一封信给妻子,叫她多吃饭。

他目送信使的马跑远。从那天往后,大树梦里的妻子身躯也柔软了。他惊喜地看着这个小小的女人发胖,手膀子慢慢变圆,关节的皮肉簇拥在一起,挤出一根深凹下去的线。妻子像富养出来的少女一样摆弄着小碗,走过田埂,四处张望。过一会儿就向大树招手,一副要张口说话的模样。他们一直都住在那个生机勃勃的村子里,一个不留神,稗子就疯长——一个让人劳累又满足的村子。

过去的这段时间，北风应该一阵又一阵，吹着粼粼的湖面，已经吹到故乡了吧。妻子捣的冬衣，应该正平整地在院子的石板上铺着。家门口的桑树头一年没有长叶子，现在也没有可落的叶，因此，它应该也比任何地方的树更安静，正默默看着风经过吧。妻子会在窗边扶着木框张望吗？即使他没有下田了，她也会站在窗前打量一会窗纸，再打量一会从田里欢笑着跑回村里的孩儿们吗？大树仿佛在夜色里看见了妻子无聊而哀伤的眼睛，眼球上的一点点的光泽，像星子一样悬在半空。

假如信没有送到，她或许会一直倚在树下，小脚平放在已经生长茂盛的青草地上，绣手里的东西，不时望一望河畔的行人。信送到了的话，信使应该会把匣子交到她薄薄的手掌上，匣子的底板会因为她的手心而温热起来。习惯使然，她一定会紧紧握着它——妻子总是把大树递过去的东西攥在手上，显出很卖力的样子。然后，她会煞有介事地跪坐在炕边，双手捧着信纸，不知读罢了信，她会慢慢地眯起眼睛，还是茫然地又朝着窗户外面投去目光。

大树在脑中勾画着她头发的掩映中那个浑圆的后脑勺。

这极北之地都能看见青草，妻子已经能看见一派草长莺飞的景象了吧。啊,从那幻境中垂下来的一缕黑色,感觉温温热热的,仿佛就在他手边。

爱!他想起了他是如何爱着妻子!一个被激发的男人,又是一个被记忆和爱激发的男人,在传奇故事里,无一不能势如破竹,所向无敌。他们或许过去窝囊得很,但记忆和爱把他们一个二个都镀上了金边,他们眼中烈火四射,手头的刀剑来无影去无踪便能杀人如麻,他们从自己昏迷的谷底一步一步流着血爬起来,直到一览众山小,在顶峰久久伫立,大笑着迎来凯旋!至少他听人家讲的故事里都是这么说的。

大树从没想过自己会不会是个被激发的汉子,万一呢?然而就在这关头,"哐"的一声巨响,就在咫尺之间爆炸开来,放羊人的脑袋——那团黑色的油亮发臭的东西,骨碌碌从穿着锁子甲的肩膀上滚下来,瞬间不见了。大树看见这肩膀对面一个拿弯刀的影子。可就连这个影子他也无法琢磨清楚,他眼睛前面,鼻子上面,都糊上了一层黑红的,还有点烫的东西……

啊!他心中撕心裂肺地惨叫了一声。

……守护神八龙排作一列,宫外凶恶鳄鱼大口张,性命难逃攸关时刻,最留恋心爱故乡,在无边无际大海那一旁。

——泉镜花《歌行灯》

周文
四川大学文学与新闻学院 2022 级本科生

【命题小说篇】

【命题小说之三·论语改写】

《论语·微子》二则

　　长沮、桀溺耦而耕。孔子过之，使子路问津焉。长沮曰："夫执舆者为谁？"子路曰："为孔丘。"曰："是鲁孔丘与？"曰："是也。"曰："是知津矣。"问于桀溺。桀溺曰："子为谁？"曰："为仲由。"曰："是鲁孔丘之徒与？"对曰："然。"曰："滔滔者天下皆是也，而谁以易之？且而与其从辟人之士也，岂若从辟世之士哉？"耰而不辍。子路行以告。夫子怃然曰："鸟兽不可与同群，吾非斯人之徒与而谁与？天下有道，丘不与易也。"

　　子路从而后，遇丈人，以杖荷蓧。子路问曰："子见夫子乎？"丈人曰："四体不勤，五谷不分，孰为夫子？"植其杖而芸。子路拱而立。止子路宿，杀鸡为黍而食之。见其二子焉。明日，子路行以告。子曰："隐者也。"使子路反见之。至，则行矣。子路曰："不仕无义。长幼之节，不可废也；君臣之义，如之何其废之？欲洁其身，而乱大伦。君子之仕也，行其义也。道之不行，已知之矣。"

命题：请根据此段文字的情节展开想象，叙述出一个故事。

天下有道

一木

"现在是2364年21月17日,赛东尼亚时间23点整,受本年度太阳风暴影响……预计本次风暴潮将出现在……"

长沮一把拍灭恼人的闹钟,眼睛睁开一条缝。床头黄色氛围灯由暗至明,窗帘徐徐拉开,露出窗外明媚的虚拟景色,整个房间睡醒了。长沮强撑着仍旧疲惫的身体去盥洗,不知为何,自从他升了六级超脑后,总是休息不够。

穿戴整齐,随便吃了一些东西后,长沮出门让车子把自己送往最近的智脑分中心。天空升腾着火星秋季独有的大气脉冲,密密麻麻的建筑刺向穹顶,向高层大气诡异的绿光延伸。建筑表面铺满了太阳能板,漆黑暗沉。这些建筑里存放着人类有史以来最庞大的服务器群——智脑。

几分钟飞快的穿梭后,长沮抵达了办公地点。走过熟悉的纯白长廊,进入灯火通明的大厅,形形色色的人聚集在这里，等待着 24 点打卡上班。子路看见长沮，远远地朝着长沮友善一笑。两人半年前经常排到邻仓，一来二去聊了几句，也算认识。他总是穿奇奇怪怪的长袍大褂，像是做回了古人。

子路挤过来，两手向长沮拱了拱，开口："长沮兄安好，不知兄长有无雅致加入'研古社'，共赏先秦哲思呢？"

长沮不假思索回答："子路啊，你也知道我最近升了六级，脑算力还不稳定。等过一段时间，算力稳定了，我再去详细了解一下社团的机制，实在是不好意思。"

"无妨无妨，长沮兄夙兴夜寐精于事业，实乃我辈之楷模啊！"

长沮先是一笑，"运气而已，"接着眉头一垂，"都是为了生活。"

话刚说完，光洁的大厅墙壁呜呜作响，打开许多圆形孔洞，伸出一个个工作舱。长沮与子路一边寒暄告别，一边走向工作舱，躺了进去。舱体缓缓缩回，墙壁孔洞关闭，舱内柔和的灯光亮起，工作舱盖闭合。

长沮抒出一口气，心想：和我同年，但仍停留在二级，估计平时下班回家从来没有进行过脑开发，成天净费功夫在这些没用的东西上了。又想到自己,要是能早点开发到超脑七级,就有资格在婚恋区主动筛选伴侣了,到时候选个条件差不多的男人,一起养人工孕育的一男一女两个孩子,那可太好了。自己一个人养一个孩子完成基本义务倒是也可以,但就是怕孩子太孤单……

随着脑后接口一阵酥麻,长沮休眠过去,开始工作了。

他已经工作三年了。和全世界绝大部分人一样,长沮从小接受脑开发教育,十八岁后开始工作,兢兢业业每天在工作舱里睡满八小时,下班回家就戴上脑开发头盔,渴望提升超脑等级出人头地。亿万个智脑搭建的"智世界平台"——当然里面有他的一份功劳——他却很少连接登录。

他不可能不想在那样一个虚幻的世界里无忧无虑,做任何想做的事情。只是他更想提升自己的超脑到九级,进入智脑中心,摆脱这种几乎全太阳系的人类都一模一样的工作。据说在那里,可以真正用自己的智慧来劳动。

迷迷糊糊,重复单调枯燥的生活,时间又过去了两个月。长沮和往常一样,机械地起床、穿衣、盥洗然后上班,或者不如说是去出卖脑力。他最近正在试着向智脑提出申请，把工作时间调到早晨八点到下午四点去。很少有人喜欢在这样一个时间工作，因为那是智脑平台同时在线人数最多的时候。这样的话他的工资能多一些，早点买一个更好的脑开发头盔。

自从两个月前那天子路邀请他参加研古社以后，基本每天都会来和他套套近乎，推销他们的研古社。但说来奇怪，子路不光这两天没来找他，反而排舱时候都看不到他了。可能是搬到别的地方，去另一个分中心了，要不然就是跑回地球旅游，去研究他的古代文化了。太不靠谱了，长沮这样想。

还是老样子，墙洞开启，舱体伸出，躺进去，闭眼等待接入。哦对，下班后要把自己的信息贴到婚恋区，提前占好位置……想着想着，脑后接口连接，长沮睡了过去。

过了一秒吗？还是已经过了八小时？眼前雾蒙蒙的，又不像是在眼前。那亮着的是光吗？长沮也说不出来。这是在哪儿？与工作舱苏醒的感觉截然不同。此刻，长沮看见从未经历的光怪陆离。

忽然，雾蒙蒙的前方真实起来，浮现出彩色的景象，耳边还有细微的声响。一位老者端坐杏林之中，身着灰棕长袍，神色庄严，为年轻人们传道授业："鸟兽不可与同群，吾非斯人之徒与而谁与，天下有道……"

老者与学生们行车，驾马，游历各国，传播思想。那是长沮想象中的先贤模样。老者身旁的一切逐渐消散，只剩下他一人，缓缓开口："所有太阳系人类联盟的公民们，你们好，我是丘。我曾经和你们一样，也是一名普通的超脑员。每天用自己的大脑算力，来维持虚幻的生活。在我很小的时候，那个时代还没有智脑，工作也并非只有超脑员一种。人们思考，运动，有各种各样的生活方式……没人……大脑……奴隶……"

眼前的图像逐渐模糊起来，声音也断断续续听不真切。又突然，什么都没有了，长沮又昏睡了过去。

醒来后，时间已经过去一天了。长沮躺在自己的床上，房间已经切换为医疗模式，他问智能助手发生了什么，才了解到原来是一名叫丘的男人，精神状况极不稳定，有严重的暴力倾向，利用自己创建的社团，扩散恐怖思想。就在昨天，丘妄图和自己的成员一起，利用太阳风暴潮放大电信号，攻击所有正在工作或者在"智世界"的用户。目前丘和自己的社员已经被审判了，丘被判处了最高刑罚——剥夺权利终身，并永久将自己的大脑接入，为智脑提供算力。在审判名单上，他也看到了子路。

虽然这是一个重大事件,但敌不过接踵而至的热点,人们的注意力被一件又一件事情分散。很快,它就遗落在了大众的记忆角落。

日子一天一天过去,长沮的身体渐渐恢复,又回到智脑分中心日复一日重复着生活。两个月后,长沮终于在婚恋平台找到了一个条件相符的人。随着一步步地接触,他们相恋,结婚。在登记婚姻档案那天,他们去生育中心签了协议,领了一男一女两个婴儿。

生活十分平淡,鲜少有波澜。长沮对伴侣总体很满意,只是伴侣喜欢浪费时间在智世界平台里,还带着两个孩子,使他们的脑开发程度泯于众人。又过了两年,长沮达到超脑七级,智脑公司要把他调度到地球去工作。但是,伴侣并不愿意到落后的地球去,于是长沮带着儿子去了地球,伴侣带着女儿留在了火星,他们离婚了。

再后来,儿子和女儿都长大了。许久没来地球探望过长沮的女儿说智脑要自我修复了,全体放假三个地球日,从火星赶回来看他。就在放假的第二天,所有人的智脑账户都收到一条消息:智脑今日起暂停运行……发信的人叫仲舒,孩子说那是智脑的高层,他解放了全人类。

【命题小说篇】

　　长沮笑了,他想起那年,想起了子路、丘和工作舱里那个虚幻的梦。

一木,本名孟烜禾
四川大学文学与新闻学院 2022 级本科生

【命题小说之四·丁令威改写】

丁令威化鹤故事：

《搜神后记》："丁令威，本辽东人，学道于灵虚山，后化鹤归辽，集城门华表柱。时有少年举弓欲射之，鹤乃飞，徘徊空中而言曰：'有鸟有鸟丁令威，去家千年今始归，城郭如故人民非，何不学仙——冢累累！'遂高上冲天。"

命题：请根据此段文字的情节展开想象，叙述出一个故事。

【命题小说篇】

化鹤

元央

《搜神后记》卷一："丁令威，本辽东人，学道于灵虚山，后化鹤归辽，集城门华表柱。时有少年举弓欲射之，鹤乃飞，徘徊空中而言曰：'有鸟有鸟丁令威，去家千年今始归，城郭如故人民非，何不学仙——冢累累！'遂高上冲天。"

一

直到白鹤驮着他降落在道观的大门前，丁令威才慢慢地从高空带来的失重以及濒死的眩晕感中回过神来。

一切都发生得太快了。一刻钟前，他分明还跪在刽子手的刀下，四周围满了人。临死前的人大概也不会再对周围的事物有什么感知了，他视线模糊，只能隐约听见有百姓哭诉着为他求情，但很快被卫兵的恫吓声盖过。混乱的嘈杂声中，能够听得比较清楚的只有卫兵手中长戟碰撞的声响,以及一个拖得很长的声音,宣读着他的罪名——"辽阳刺史丁令威……擅自为谋,私自开仓赈济……忤逆圣上……按律当斩!"

"臣丁令威为官至今,恪守官规,未曾有僭越之心,今大灾在即,诏书未下,遂私开仓救民,臣虽身死,无愧列祖列宗!"吼完这一句,他闭上眼睛,等待自己的结局。但与此同时,铮然一声鹤鸣,接着便是一阵惊呼——两只白鹤从天而降,用羽翼驮起他的身躯,在众人惊异的目光中腾空而去。

丁令威爱鹤,在为官之时就养过白鹤,也曾救助过受伤的野鹤,没想到今日白鹤竟成了他的救命恩人。缓过神来后,他费了很长一段时间才把自己身上的绳子解开,然后摇摇晃晃地走近那个白鹤引领他来到的地方。这是一个有些年代的道观,牌匾上的字历尽风霜,勉强能够使人认出"太平府灵墟山"字样。"返乡入世已是无望,不如就在此地入道静修,兴许还可以修成正果,得道升仙……"于是他站定叩门,紧接着便由前来开门的童子领了进去。

二

丁令威成为灵墟山道观里的一位普通方士,也就是"修行的道士"。

【命题小说篇】

　　但丁令威自己觉得这个称谓并不是很实至名归。在他看来，方士修行成仙和他为官升职的方式本质上没有什么不同，甚至有过之而无不及。童子领他进去后，便带他去见观内的道长，人称清净道人。清净道人告诉他，要想得道升仙，必须要积攒自身的道与德，功德圆满即可修成正果。而自身的道德是否圆满，观内自有一套考核标准。

　　他立马就想到了自己做官时每年都要面临的上计考核。这两者简直没有区别。

　　"令威呀，既然入了观就不要闲着了，多去做一点你该做的事情吧。譬如帮观内打扫一下卫生，挑水啊劈柴这一类的，童子记录下来之后会在岁末给你加道德分的。"

　　"道长，挑水劈柴乃分内须尽之事，如何与道德有干系？"

　　"诶呀，这是硬指标嘛……"清净道人长长的胡须开始不满地耸动了，"这种指标更方便记录，再说，有德之人难道不会干打扫卫生、挑水劈柴这一类事么？你要是干，我们就给你加分，多好的事，何必纠结。"

　　丁令威很想反驳，但他现在寄人篱下，面对道长是万万不可发作的。

"道长所言极是。令威为辽阳刺史时,曾开仓赈济,救民水火,可加得许多道德?"

"加不了,加不了,指标里可没有这一项,要是所有人都像你这样要求,今天这也加,明天那也加,哼,以后可不知道要怎么统计了!"道人撇嘴,"再说了,你虽然是赈济百姓,但私自开仓,犯了大罪,圣旨上写的可是一点都不好看,这要是报上去还不知道要费多少流程,我劝你还是干点观内的体力活吧。等再过几天,你就有数不清的事情要做,到那时你想做这些活都来不及了!"

"道长,此话怎讲?"

"再过几天观内的宗师就要传授道习了,这是得道成仙必修的名目,也要算在道德分里的。年末都要策试,分高者才有足够的道德分,所以每堂课都不能落下,哪有时间干体力活?看来你还不明白这是什么概念……这是每年宗师教授的安排,你看吧。"

丁令威恭恭敬敬地接过道长手里的绢书。上面密密麻麻的都是"黄老学导论""《道德经》基本原理""高等天文学""初等神仙谱系概论""外丹学""内丹学""符箓学"……

"得道者竟还需掌握这许多技艺!"他简直难以置信了。

"正常,课不开多一点,我们这些讲师的道德要怎么加嘛。"仿佛觉得丁令威实在是孺子不可教,清净道人背着手,径直走掉了。

三

丁令威在灵墟山道观里已经待了一个多月了。

宗师授道时,他静心聆听;当有空闲的时候,他便跑去找清净道人口中的"体力活"去做。然而体力活并不好找;好做的诸如劈柴挑水之类的差事都被众人哄抢一空,只留下脏活累活。这些体力活中,最受好评的要数在后山上采灵芝这一项——也不需要你采到灵芝,只需要在后山上呆满两个时辰,以彰显为采灵芝付诸的努力——再去让童子记录下来就可以把道德分收入囊中。丁令威从来没有抢到过这样的好差事。干着被挑剩下的脏活累活,和那些在后山上瞎转悠的子弟拿一样的分,他觉得有些恼火。然而让他恼火的还不止这一项——听宗师传授道学有时也让他恼火。文官出身的他经常出现讲习时不知讲师所云的情况,至少他在为官的时候未曾体会到的犯困的感觉,在道观里体验到了——以前他是多么精神抖擞的一个人!并且有些课程根本就没有人听。典型的就是清净道人主讲的"高等天文学"，丁令威从来没看见过有弟子认真听过课，反而都在讲坛底下偷偷地看《西京杂记》——也不知道他们从哪里弄来的。时间长了，连他自己也不想听讲了。

丁令威觉得在观内度过的这段时间过得飞快而又有一种难熬的漫长：毕竟课程繁杂，体力活劳累，也没有可以倒苦水的去处——观内的子弟们并不同他来往。偶尔他会异常地颓废，想要放弃这场修炼——又或者哪怕只是休假一下，让他回故乡辽阳看一看也好。而往往这个时候，他就会一个人去后山下灵墟池旁坐上一整天——那里栖息着一群仙鹤，救回他的两只一并在内。他从早上坐到傍晚，一直到鹤们全部飞走，一直到日光从他的脊背爬上去又慢慢黯淡下来，才无奈地叹口气，甩一甩头，一脚深一脚浅地走回去。

日子还是快一点过去吧，他想。赶紧把他的所谓功德积攒完毕，然后就可以让清净道人设坛祭祷，以此把积攒的成绩上报给三清，自己就能所谓得道飞升了。"顺其自然，闲事莫想，早日升仙。"丁令威内心默念。

四

河平三年秋十月丙戌，地震，山崩，壅江水，水逆流,颗粒无收。

"天下大灾,辽阳尤剧,威恳请开放观内私仓,平粜于民!"

清净道人的胡子愤怒地抖动起来。

"你可不要再做你在当辽阳刺史的时候就干过的蠢事!我警告你,这对你得道成仙没有任何好处,反而会把道观毁了!没了粮食我们全部都要完蛋!受灾的百姓那么多,我们小观里的粮食哪里够?救得了今天还能救明天不成!你这样不仅成不了仙,还要受罚!马上就是结算道德的日子,你现在的功德足以让你得道成仙,我劝你……"

长久的寂静后,丁令威向他的老师行了最后一礼,转头离开。

道人的手慢慢地垂了下来。他的胡须以一种微不可见的弧度颤动着。

"令威呀,我不拦你……可私仓放了,道观就保不住了,上面是要怪罪下来的……到了那时,谁也救不了你……"

道观的粮食为周围的百姓多争取了一周的时间。一周后,地方官仓得到旨意,开仓赈灾。

粮仓搬空后,灵墟山道观废弃了。作为惩罚,丁令威被剥夺人身，永远地寄居于一只白鹤的身上，且口吐人言必为劝人修道之语，以弥补他对道学传承造成的损失。

五

一只雪白的鹤停在了鼓楼东边的华表柱上。他久久地凝望着辽阳城，像一座雕塑。

少年弯弓搭箭，瞄准了白鹤，预备捕捉这只举止奇异的大鸟。却听得一声悠长的鹤鸣，狂风骤起，那白鹤振翅而飞，徘徊于天空而唱道：

"有鸟有鸟丁令威，去家千年今始归，城郭如故人民非，何不学仙——"

大鸟忽然地哽咽了一下，仿佛就像是从刚刚那一瞬间才明白自己所说的话的含义一样。

于是他发出了一声长长的叹息。

然后头也不回地向城外飞去。

元央，本名李文卓

四川大学公共管理学院 2023 级本科生

仙鹤的礼盒

林湘庭

"娘，吾不想走！"孩童大声哭嚷，桌上的热茶泛起涟漪。

年轻的夫妇对眼前的道长赔笑，生怕不合礼数，怠慢了道长。

妇人低头转向孩童，"儿啊，道长选中汝，是汝有福，好好跟道长学去啊！"看不清脸上的表情。

孩童哭红了脸，哭得许久才堪堪喘过气。待回过神来，父母已把行囊背在他身上，将他托付给道长。

一步三回头地走出村口，孩童低头看着越来越陌生的路，疑惑夹杂着不安，"道长，吾觉得吾并无道长所说的什么……天资……聪颖？为何选吾？"

"吾说什么就是什么，小儿不要多问，无礼！"那话从道长的白须下传来，听不清声音中的情绪。

"什么是礼？"孩童发问，那是父母未曾告诉他的东西。

"汝父母待吾之热茶,或是,汝该叫吾一声师父。"道长摸着拂尘,颇有耐心地解惑。

"这就是礼?"孩童发现一个崭新的世界,未知福祸。

"以后还有许多,你且记之、行之便是。"道长的话像是一张符咒,钉在孩童的心上。

"呼呼——"一路上,全是风的声音,道长的话夹杂在里面越发听不真切。

"呼呼——"不对,不是风声。

"请注意,倒车!请注意,倒车!"

丁爷爷被卡车的噪声吵得悠悠转醒,慢慢掀帘——那是斜对面的动静。

这大道,银杏漫天,红枫铺地。那小巷,青苔上瓦,蛛网满墙。卡车不大,勉强倒进窄小的巷口。东西不多,放在小卡车上绰绰有余。很难把那些东西称为家具或行李,那儿上面的锈迹像是鸡皮疙瘩一样多,大多破损的地方被一些小零件修补,收废品的都要摇头。一大一小的黑影在那黑洞似的地方忙进忙出,那是一对忙着搬进新家的母子,还是两只搬食的蚂蚁,真叫人怀疑。

可惜咯,安静的日子要停一停。

以前的日子可安静了。千年来,他战时隐于林,安时隐于市,过着自己的安静日子,任凭外面的世界改朝换代。如今,他兜兜转转又回到辽东这片土地,用仙术捏造一个退休的身份,周围的人只知道他姓丁,见到他都道一声"丁爷爷"。

丁爷爷又回想起刚才的梦,已经很久没梦见小时候的事了,有多久也记不得了。

他翻着身,看着钟,还有些许时间,能睡个回笼觉,无奈翻身许多次都入眠无果。挣扎着睁眼,时针指到一点。丁爷爷下了床,穿上了昨日就准备好的大衣,戴上了人见人夸的名牌手表,在镜子前调整了数十次领带夹,颇为满意地打理了胡须,最后拿起了拂尘化作的红漆拐杖,抬眼看了看时钟——正好一点三十分!紧接着,他红光满面地出了门。

对门的李太太恰好在打扫庭院,抬头便是见了丁爷爷这副神气模样:"丁爷爷,下午好,出门去呐?"

"下午好,李太太,"丁爷爷的头又是抬了抬,胸脯又是挺了挺,走到李太太家门前,双脚停在门口,没有越过线,"我正是要去领退休金。"

"丁爷爷,身子骨硬朗啊!我家公公每次都是开车去的，虽说社区那地方不远，但着实走不动路咯！"李太太笑着唠起家常，说着顿了一下，匆匆跑进家中再出来，手上多出了一个茶叶礼盒，礼盒上面系着精美的绳结，又是笑着递给丁爷爷，"我丈夫前阵子出差买的，公公说不错，您尝尝。"

丁爷爷眼看人家都双手奉上，难以推辞，只好道谢，提着礼盒告别。

走在路上，不少街坊和他打着招呼，耳朵里全然是不同声音的"丁爷爷"在回荡，好吧，谁让他在这块地上如此家喻户晓。听，就连不远处的小孩也在讲他，没办法，人总对别人提到自己感到敏感，仙也不例外。

"喂，你要不要来听丁爷爷讲故事？就在小区的公园里，讲得可有意思了。"那小孩在水果摊上向刚搬来小区的那对母子介绍丁爷爷，邀请同龄人一起去听丁爷爷讲的故事。

礼盒提在手上好似变轻了，丁爷爷脚步轻快许多，哼着小曲，想早点到公园。他生活自由，平时最喜欢的就是到家附近的公园给那些叽叽喳喳的小鸟讲故事。

小于替妈妈买了橘子，嘴上随口向正在赶苍蝇的新同学提议，双手小心翼翼地把找来的零钱塞进自己的裤兜——他打算把这些钱用来买瓶弹珠汽水,若是老板心情好,或许还会送他几包辣条。

水果摊上的少年摇摇头,正要开口拒绝。送完货刚回来的母亲却抢先答应:"好啊,我们家小贺一直很想和你们一起玩的,你们去吧。"

小贺抬头看着个子矮小的母亲,生活的寒雪压弯了青松的脊梁,摧残了红梅的脸蛋。对上母亲永远含着一汪春水的双眼,其中的深意小贺明了。

在一群鸡里,一只鹤只能努力缩小自己的身体,假装自己是其中的一员。否则,哪怕是一群鸡,尖锐的鸡啄也会让羽翼未丰的幼鹤遍体鳞伤。

小贺和母亲说了再见,便在小于的催促下"飞"去了公园。

"快点,这个时候,丁爷爷应该早在公园了,我不想错过精彩的片段!"小于抓着刚买好的汽水和撒娇换来的辣条,脚下生风。

小贺默默跟着,差点撞到身前跑得气喘吁吁的小于。

还是撞上了。小于突然在转角停下脚步,回头做了一个噤声的手势,瞪了一眼撞疼自己额角的小贺。

公园不大,胜在舒适;设施不新,胜在齐全。正值凉秋，风轻、云慢、菊开、鸟鸣，小亭中两三人练着二胡，黄桷树下四五人下着象棋，广场上八九人舞着裙摆……一隅，已有十几个孩子席地而坐，推搡着，玩笑着。

"孩子们，别着急，"丁爷爷把茶叶礼盒安稳地摆在身旁，耳边是小鸟们急躁的催促，又轻轻地拍了拍礼盒，像是要抖下在路上难免沾染的灰，"安静下来才有故事听，不听话的孩子回家去！"

小贺和小于就在这个时候混入，一个低头，一个抬头，在孩子群里也不是很突出。

混乱逐渐归于平静，丁爷爷这才缓缓开口："今天我们来讲讲仙鹤丁令威的故事吧。"

很好，所有小鸟的眼睛都聚焦在自己身上。果然，鹤立鸡群。

"丁令威，辽东人，在灵虚山学道，后来得道升仙，化为一只仙鹤返回自己的家乡，飞到城门口，在叫作华表柱的漂亮柱子上停下。"丁爷爷说到这里清清嗓，语气重了一些，含着丝丝怨气，"这时候，有一个不识泰山的小子竟然举着弓箭想要射下仙鹤！"

而后丁爷爷像是回想到什么有趣的事，哼笑出来："仙鹤哪会被一个黄毛小儿射下？仙鹤当然是飞走，徘徊在空中大度地告诉那小子：'丁令威，离开家一千年，今天化为仙鹤回来。小城和以前一样，只是人不同了。人们为什么不去学仙求长生，反而沦落到化为座座坟墓的下场啊！'仙鹤说完就冲上天空了。"

小于的辣条吃完了，晃着油亮亮的手，嚷着："仙鹤叫丁令威，那拿弓箭的叫什么？"

丁爷爷看着要下山的太阳，手表上的时针指向五点。他想着现在回去刚好，摩挲着茶叶礼盒上的绳结，而后摆着手让小鸟们回巢："一个凡人小子，名字什么的，不重要！"

小于撇撇嘴，显然不满这个答案。但到了饭点，刚吞下辣条的嘴想念起家里的饭菜，到嘴边的话也被饥饿拉回肠子里，只好转身回家作罢。

小贺听到丁爷爷的话，一只手高高举起，像是白鹤孤立："听老师说，古时候的人民生活困苦。倘若那少年只是在进城的时候碰巧遇鹤，想射鹤以求生计呢？"

"那也不能，那也不能！那可是仙鹤！仙鹤！"丁爷爷没想过这种可能，更没想过竟然有凡人敢质疑自己。他感觉自己的白羽染上了污点，气得白须都染了红。

小贺的疑惑更加大了："那少年在拉弓射鹤的时候，

鹤还未表明自己是仙鹤。当鹤说人话时,少年才会知道是仙鹤,不是吗?所以这种情况是有可能发生的啊!"

现在的小贺不自觉地回到了课堂上求知求真的样子,全然忘记面对的不是熟悉的老师。

丁爷爷突然觉得硌得慌,手上的绳结,喉咙的话,都停在令他难受的地方。

凡人转世是没有记忆的。他依稀记得那少年的样子,与眼前人无一点相似!他说的未必就是真相!千年的事,一人一个版本,真相早就随射鹤少年的骨头化成灰了。

他的身子发着抖,一手攥紧礼盒的绳结,一手定定地指着小贺的鼻子:"你是哪家的孩子?这么没有礼貌!"

夕阳潜进云层,温暖晚归的鸟群;小贺母亲跑进公园,抱紧未归的小贺。

夕阳的余晖有时是刺眼的美丽,因为燃尽生命的烛光就是绚烂的。

小贺母亲先是弯下腰来给丁爷爷鞠躬,随后拿起手中的水果礼盒递了过去,便直起身。夕阳的余晖落在她微笑的嘴角:"丁爷爷,真是抱歉,我们是刚搬来的贺家。听街坊说,您就住在我们附近,先前一直想来拜访,但最近太忙。这是一点薄礼,准备匆忙,还望谅解,莫见怪,莫生气。"

白雪从青松的末梢滑落,落在地上,化为冰冷的春水,刺骨却润物。

火药在炮管中被点燃,点点火星未出口就被水熄灭,化为一缕青烟。

小贺听见母亲的话,这才如梦初醒,连忙低下头来,敛起自己的目光。小贺的手指绞在一起,像极了母亲礼盒上繁杂的结。

"不见怪的,以后都是街坊,我怎会因为这一点小事生气?"丁爷爷摆手,说罢便以到饭点为由与贺家母子提出告别。

小贺抬头,挥手和丁爷爷说再见。小贺想,或许天有点冷,丁爷爷挂在脸上的笑有点僵。

天色暗了,丁爷爷倦了。

他走了一会儿,提着两个礼盒的手感到沉重。他想丢掉,但总觉得贺家母子就在不远处,再说回屋时或许会碰见李太太,要是被看见……反正丢了总归不好。

丁爷爷又走了一会儿,手指开始发痛发冷。算了,还是都丢了吧!现在他只想把手揣进口袋!

但不能现在丢掉礼盒!方才他只顾快步前行,错过了路边的垃圾桶。距离上一个垃圾桶已经有点远了，况且已经能看见他的屋子就在前面的转角。

丁爷爷走进屋子，关上铁门。眼前，屋内的昏暗与寂静互相吞噬。背后，屋外的万家灯火与欢声笑语互相辉映。那可恶的礼盒绳子还缠在自己的指尖，但因为手指冻僵，解开的动作不甚利索，却是更加解不开了。

他看着礼盒笑了，看着绳子笑了，笑得直咳嗽，他已经记不起来上次这样笑是什么时候了。

待喘过气，他想起来还可以用仙术解开绳子，但也想起来上次这样笑还是和父母一起吃饭的时候——那时候的自己还小，与那少年，与今日的小贺年龄相仿，还未被路过的师父选中，还未上山学道懂礼，只是一个无"礼"的凡人小子。

下一秒，他用仙术解开绳子，倒在一尘不染的玄关。

真的好安静，安静的周围让他能听见自己的呼吸声和心跳声，千年来第一次觉得震耳欲聋，但他喜欢这种不安静。

精美的礼盒绳结捆绑了鹤，在鹤的双翅上留下红痕，蒙住鹤的双眼，扭曲鹤的身体，僵化鹤的思想。所幸，鹤挣脱了绳，睁开了眼，展开了伤痕累累的翅膀，淡化了

【命题小说篇】

"礼"在额前的烙印,在来时的路寻到了温暖的火光。

林湘庭

四川大学文学与新闻学院 2023 级本科生

化鹤

黄靓秋

天好像很远，又好像很近。

云垂得很低，揉成褶，随意地披洒在山野之间。

亥时三刻，风吹断林间树影，丁令微从问心境的梦中醒来。问清师姐的衣袂洁白，月光下，绣着熠闪的纹。

"我不是，死了么？"她的声音惺忪，神情恍惚。

丁令微又梦到初入灵虚那天了。

丁令微出生前，丁母夜夜熬油灯替她缝里袄，制新衣，盼她是个男儿郎，来日进士及第。灯芯细细的不敢太亮，晃着诰命夫人的美梦。

村中接生的王婆婆，说这胎位，多半是个小子。

她出生那天，丁父在门外嚼了一宿的旱烟。

时值旱荒，养个女娃，实在太亏。

"她娘,送了吧。"

"……娃娃还太小,还太小……",丁母抱着襁褓中的女婴,挤出干巴巴的哭嚎。荒年家家难,谁家都送不了,何况是个女婴。丁父的意思是,送到婴儿塔去。

月光渐渐暗淡了。

丁父是个懦弱的男人。他只是沉默地接过了丁母手中的襁褓。

好在旱荒停在了第二个年头,丁令微出生的第二个秋天,丰收了。

第三年,丁母又怀孕了。是个男孩。夫妻俩捧着婴孩,如珠似玉。

丁令微长大了,在一日一日的冷稀饭里,在挑柴上灶的劳作里,在父亲的叹息母亲的忽视里,在田野的风和山间的水里,丁令微长大了。她细瘦的四肢像小兽一样结实,尖瘦瘦枯黄黄的脸上,一双黑黝黝的眼。

十二岁这年,丁令微被十贯钱卖给了牙婆。幺弟上私塾了。

十四岁，丁令微第一次被关柴房，挨了三天挨到了天明。冬天，她肿着手搓衣，无意间救了一只冻僵的鹤。小鹤蜷缩着寒战，颈上一片墨迹似的羽毛，慢慢地抖着。

十六岁，丁令微病死了。在冬天最后一场雪里，一张席卷了她一生短暂的喜怒，搁浅在世界某个无名的角落。

一只白鹤，从风雪中归来，跨越千山，驮着她，飞渡生死的彼岸。

薄暮时分，一轮浅浅的月影，映挂在清淡的夜色中。

丁令微从昏昏沉沉的梦中醒来。这已经是来到灵虚山的第二个年头了，她清晰记得第一天见到灵虚仙人的情景。

草木簇拥，山灵菁华之间，有一撇人影懒懒的卧在一叶碧绿芭蕉之上，怀中身旁围着几只通体雪白的狸奴，手里捧着一只黄绒绒的雀儿，她流玉似的招子缓缓瞥来一线眸光，笑容很清淡。她没开口，但声音缓缓从四周拢来：

"你就是，丁家病死的女儿？"

令微忙忙跪下，"是，我是。"

"我听说，丁家生了你，又卖了你，你恨吗？"

"我不恨。丁家生了我，养了我十二年，有生养之恩。"

"丁家苛刻待你,却娇惯你弟弟,你怨吗?"

"我怨。"令微紧紧压低了颈子。

"不是说,有生养恩么?"

令微摇了摇头,"我在陈府为奴五载,年年月钱支营家里,早已还完了恩。剩下的,情是情,怨是怨。况我已死过一次了,要说恩人,灵虚山才是我的恩人。"

嗳……仙人似是叹气。

"好孩子,"良久,令微感到一双暖的手抚过头顶,"留下来罢。"

一阵暖融融的力量从头顶涌入。令微这才敢抬头,却只看到一张白的面皮上一双微凝的眼,其他,竟是无口无鼻无耳无舌。

灵虚山与凡间不同,没有贫富,没有贵贱,没有男女悬殊,没有尊卑有序。鸟与花与草与树,和人好像也没什么不同。

所有弟子一同享有该享有的,清风明月,杨柳岸,拂花堤,戌时二刻的天明,三餐的粗茶淡饭。

每日的午时三刻,整个灵虚山陷入一片沉静之中,人声也静，鸟声也寂。

至于五花马，千金裘，竟也没有人去想，没有人追求。

灵虚山怪人很多。午夜，住在长风观的长衣师兄会唱起他的曲子，曲调哀怨清愁，禅意悠悠。如果有人醒了，就窝在棉被里，就着黑得浓稠的夜色，半梦半醒地听一段。听闻，长衣师兄生前，是一等一的名伶。

令微曾想，这曲子应该是唱给某个人听的。

令微曾问师姐灵虚山的弟子都来自何处。师姐说，只有历经人间疾苦却不变心性纯良的人，死后才能上灵虚山。

"那灵虚山的弟子之后会去哪里呢？"

"等他们找到了自己想去的地方，就自己离开了呀。"

"他们都想去哪里？"

"嗯……有的人成了一只虫、一块石头、一条鱼，有的人化为生死摆渡的飞鸟……有人啊上辈子没读到书，就托生成修书匠……反正，各人有各人的去处。"

"……这叫什么？"

"这叫轮回。"

令微上灵虚山待了五百年了。

灵虚山的树青了又绿,灵虚山的水绿了又青,灵虚山的四季转了一轮又一轮。

有的人来了,有的人走了。她还是没想起要去哪里。

令微还保持着刚上灵虚的模样,瘦削的下巴,黑亮的眼。五百年了,时间走在她身上,无法留下痕迹。

师姐说,她们本就是轮回之外的人。

六百年时,令微刚上灵虚认识的所有人都走入了轮回。新上山的弟子都称她师姐了。她领上山的男男女女也换了一波又一波。

第七个百年,令微忽然感到天地之大,时间之长,所有人走在这样世间,都太过渺小。她感到寂寞了。

第八个百年,长衣师兄回来了。他说,他爱的人这一世是村头的一块磨石,他便化了石旁的一棵槐树。夜夜风奏叶声,仿佛也在为他吟唱。

而两百年沧海桑田,石头吹破了,磨碎了,散在风沙与泥土里,树枯了、倒了、朽了,吞噬在虫蚁的腹中。这段情也终于尽了。

听着长衣的故事,她惶惶流下泪来。

这一哭竟一发不可收拾。

在这一场泪中,令微感到衣物,头发,指甲渐渐脱落,有羽毛缓缓从皮肤中抽芽而出,她的五官也模糊了,一阵巨大的痛苦过后,她感到自己的双手渐渐有力,化为一双翅膀。她的羽毛雪白,薄薄的脖颈上,附着一片胎青似的灰羽。

丁令微,化成一只鹤了。

她围着灵虚山转了三天。第三天,灵虚仙人的声音缓缓聚来,劝她不停留。

她飞过山,飞过水,飞过生前的村落,飞过累累的青冢,飞过城墙和墙头搭箭的少年。她飞过时间,飞过沧海的桑田,飞过千年前的城镇和千年后的荒地,一帧一帧的岁月在羽翼间中摩擦,记忆的痕迹渐渐消弭。她开始忘记灵虚山,忘记为人奴婢,忘记父母,忘记人间的痛痒……

她飞得很快很快,快到光阴都模糊。她振翅,在她身后,沧海干涸,须臾间化为田埂;城墙颓圮,转瞬又青冢累累……一千年的时间流转回溯,一切回到原点。

是日暮，檐上偶尔几缕炊烟。农人从枯黄的地里走来，带回几声叹息。这是旱灾的第二年。乌金的太阳在西方坠落。

它在一户丁姓人家门前的树上停下。这户人家的母亲，刚生下一个女儿。

它已经忘记丁令微了。

丁令微，真的化成了一只鹤了。

黄靓秋

四川大学文学与新闻学院　2023级本科生

明天

付刘裕

虎子第三次拿起弓，对着马号的小窗细细地看。月光打磨掉弓身粗糙的纹理，描上一层华丽的银边，好像它不再是一把经孩子之手的小木弓，而是传说故事里项羽的霸王弓。虎子一闭上眼睛就看到自己站在华表柱下，细瘦却有力的手臂将霸王弓拉开，远远地瞄准天上绕着圈子的白鹤。

"有鸟有鸟丁令威，去家千年今始归。城郭如故人民非，何不学仙——冢累累——"虎子的声音很轻，很含糊，这个时候老爷一家都困觉①了，况且他们醒着的时候也不愿意听到虎子扯着嗓子唱歌。有力气唱歌不如去干活。然而他已经几个月没在地里干活了。几个月来村里一滴雨也不见，天没雨河没水，苞米、麦子种下多少枯死多

---

① 困觉：睡觉。

少，地里都是叶子纠结的棱角。虎子先前还三天两头去几里外的井里舀水，但是这点水根本愈合不了几亩土地干裂的伤痕。干不了农活种不了庄稼，老爷也不需要长工了，这个时候把他遣走还可以省下一张嘴的米粮。今夜，是他留在马号的最后一夜了。

明天。明天一早就要辞别老爷。按理说辞退长工，主人家是应该给点银钱践行的，但是老爷说家里没有现钱了，今晚只给了他两个干硬发黑的饼子，一个当晚饭，一个明天路上吃。饼子又冷又硬，边缘生着一块一块的醭苔①。虎子轻轻抠了青灰的斑块塞进嘴里，抿一抿又龇牙咧嘴地吐出来。

明天揣上饼子就回……回到哪里去呢？一年前爹去世了，娘也改嫁了，跪在老爷门前求老爷留下他。娘的脸上纵横交错的全是泪水，哭号声比爹走的那晚还要嘶哑。老爷干瘪的嘴唇没了水分，比枯了的玉米叶还要皱，中间漏风的黑洞开开合合。娘把他的头猛地按在地上，他就可劲儿地磕头，土地的振动在脑壳里乱窜。然而这些记忆老得像门前塘里的水垢，那么多沉淀的日子，轻易地就让干燥

---

① 醭苔：醋、酱油、面食表面生出的白色霉。

的南风全部带走。旱灾时节里，没有活做的每一天都是度日如年，只是偶尔牵上老爷家的牛啊马啊去集市上换钱。家里的牲畜和能够换来的钱米一起变得越来越少，老爷只留下了院子里的几只鸡鸭鹅。到现在只有他一个孤零零地留在马号里了，然后明天连他也没有了。

虎子轻轻弹着藤皮弓弦，啪、啪、啪——他畅想着自己已经连射三发。当然这三发箭都不能射中仙鹤。那会唱歌的仙鹤的脾气一定同老爷一样是顶大的……明天遇见仙鹤，他要假装瞄准，就像故事里那样。等仙鹤唱完歌，他要赶紧说："留下我吧！大人！留下我吧——"就像故事里那样。狗娃和栓娃都说那个少年肯定被白鹤带走了，一起去仙山里做神仙了。

虎子拨弄弓弦的速度不知不觉变快了，被弓弦一弹，硬饼就"噗"地飞到旁边的麦草堆上，表面粗糙的颗粒勾住凸起的草茎，滑落的速度慢了一瞬，而后又加快地掉到地上。虎子好像看见白鹤也是这么沿着饼子滑落的轨迹，有点轻盈又有点沉重，就这么刷地落到他跟前。"当了神仙嘛，"虎子看到自己神气地拜入白云环绕的师门，和一群白衣飘飘的仙人挥刀舞剑，"我首先要吃一大锅白面饽饽。"栓娃跟他说起过,那用上力道和面搋①好的白面饽饽又软又松和,揭开来香气从饽饽一层一层的缝隙里冒出来,直往人鼻孔里钻。以前有活做的时候吃不上,现在连干得坑洼皱缩的柿子树都要砍了来,把树心掏着煮草根,至于白面饽饽的模样和描述已经变成了很久远的一种幻觉。仙鹤盘旋的身影勾起这一抹记忆的余味,虎子感受到饽饽在嘴里柔软的触觉和一丝丝回甜。比月亮还要白、比上好的布还要软的饽饽随着手指头轻轻绽放,这个时候再塞上一勺油汪汪红火火的辣子……口水像山洪暴发,狂流裹挟着空气,在虎子的喉咙里发出咕隆的巨响。

"万一仙鹤不愿意呢!想学仙的人那么多,仙鹤是照顾不过来的。"那些高大的门楼和腾云驾雾的仙人一下子碎裂了,"或者仙鹤压根儿没听到,扑扇着翅膀飞走了……"虎子尝试想象仙鹤从华表柱冲向云端,但是他还没见过华表柱呢!那柱子是有一丈高呢?还是两丈高?不能再高了,再高他喊破喉咙仙鹤也听不到了。不过……他没见过华表柱,怎么去找仙鹤呢?他甚至不知道是真的存在那么一个会变成鹤的仙人,还是只在栓娃和狗娃的故事

---

① 搋:以手用力压揉。

里才有那么一只喜欢停在华表柱上的鹤。那是一只普通的鹤,还是一只真的会说话能变法术的鹤?也许明天起身的时候问问老爷。老爷的藏书三辆牛车都拉不完,有时候教训起下人,好些都听不大懂。老爷知道什么时候种麦什么时候种苞米什么时候天要下雨,就连他打猪草偷懒去树林晃了一圈,老爷也能知道。那么老爷肯定会知道有没有华表柱,知道仙鹤到底会不会说话,也知道仙鹤能不能带他走。老爷好像肚子里藏着许多别人不知道的秘密,什么事都能快别人一步。先前旱情刚开始的时候,老爷是第一个大手一挥开始卖耕牛的,换的面粉也是最多的。后来的人有卖牛也有卖地的,但怎么卖都卖不到最初老爷卖的价钱。虎子问老爷时,老爷很神秘地左右张望,悄悄地说是仙鹤告诉他的。

  明天问了老爷,他就要离开这里了。过去的一年没有给他留下什么值得回忆的东西。去年种了玉米,收了小麦,打了苜蓿,收了白菜萝卜,每天天不亮就起来,跟着其他长年[①]下地干活,傍晚拿着草镰和草笼去铡青草,回来得一碗冷硬的米饭配点盐菜。今年开春倒还好,然而立

[①] 长年:对长工的称呼。

夏播下新苗没多久就开始干旱，接下来种什么都只得到播下后变得干枯焦黑的种子，用手一捻就碎成粉末。之前是又忙又累根本睡不够，现在没活儿做又闲得睡不着了。老爷说让他今黑收拾收拾明早再上路，但是他根本就没有什么可以收拾的。好像只是为了和陪伴了将近一年的马号告别，或者为了明天华表柱下的行动做准备。

明天……虎子握着弓的手还紧着，隐隐约约摆出一个射箭的姿势。他辛辛苦苦构想了一夜，这会儿终于香甜地睡着了。自从干旱以来，四更的鸡叫声越来越少，天不亮就起身干活的庄稼汉几乎见不到了。黑夜和寂寞笼罩着村庄，干渴的黑土地等不到一场黎明的雨水。虎子还显得稚嫩的脸上挂着微笑，在他静谧的梦里，偶尔传来风刮擦枯枝或土墙的声音。

付刘裕

四川大学文学与新闻学院 2023 级本科生

【命题小说之五·穿越故事】

某川大一年级同学,一觉醒来发现自己穿越回到了高一。

命题:请根据这一开场展开想象,叙述出一个故事。

【命题小说篇】

备忘录

程凤

一

通往过去的绿皮火车，车轮在向后退，一节一节爬过沧桑的铁轨，窗外蒙上了灰色的浓雾，使人视线短暂地失焦。我孤身去往即将到来的世界，只带着照片、回忆和身影，这趟旅途到达终点的时候我也该醒了，目的地是三年以前。

那照片蒙了塑封膜，历时久远也保存完好，光洁如新，上面的人同样笑得光辉灿烂，我拇指摩挲过一个人的脸颊时，仿佛能感觉到鲜活的温度。记得当时瑞轩把这张照片转交给我，我盯着照片看了一阵，不禁笑出了声：

"好久没见到予曦了，她这照片怎么像P上去的？"

"实际上，就是P上去的。"

彼时坐我对面的瑞轩早已不是当年那个弱声弱气的小

豆丁，他戴黑框眼镜，穿着正装，听说正在什么金融社团混得风生水起，此时声音严肃得让我有点迟疑。

"她……没能来参加毕业合照？"

"她没参加高考。"

"哦……那……"

莫名的愧疚不安向我袭来，指甲在结实的塑封膜上留下痕迹，我们本应该是关系顶铁的"三剑客"——至少有一段时间是。可这缘分就像风筝线，分班后学业的繁忙则是摧折的刀，联系倏忽飘散，不见踪影，我的身边重新簇拥着其他人，也很少再收到她的消息。

"你知道吗，她已经不在了。"

瑞轩的话无疑是当头一棒。在脑海中拼凑出这几个字的具体含义之前，狰狞的紫手先一步伸进我的脊液里反复搅扰，我的头像被撞击一样的钝痛，试图把痛苦的含义排除在外。

我现在有了必须"返回"的理由。

二

初识予曦是在下雨天，恰好我没带伞，恰好她又撑伞出现了，并好心地挪给我了一个遮雨的地方，老套的情节，但我记住了这份好心，并约定以后放学顺路可以一起回家。

她长相既可以说清秀也可以说寡淡，混迹在人群中毫无存在感，她总是安安静静地抿着唇，缩在角落里看着书，常穿那么固定几套洗到泛白的衣服，身上残留着洗衣粉味。世界阳光普照，而她似乎永远都没有得到阳光的眷顾，像阴郁生长的苔藓。可就是这么一个人却三番五次地帮了我大忙，使我幸免于长辈的责备——我大大咧咧又丢三落四，一学期伞不小心掉了好几把，而她则能精准提醒我的马虎，顺便微笑着递上来一把已经折得整整齐齐的我丢失的伞。

一来二去，我们成了朋友。可总有一些没眼力见的人视她为敌人，那些人这会又趁着课间到她的座位上作乱，抢过她的笔袋扔来扔去，仿佛在玩传球游戏。等我视线停留在她的桌面上时，上面已经有着一团被笔划得稀烂的揉皱的卷子，不用想也知道始作俑者是谁。

而她坐在原地，低着头，抿着唇，一言不发，隐忍得像沉默的羔羊。

我虽是女生，但长得人高马大，仗着自己之前学了一点散打，没有人敢来惹我。若是以前的我看到这副场景，就会一把把调皮嬉闹的几人推到一边，夺过他们手中的笔袋，摆出恶狠狠的样子警告他们别再来，最后在他们悻悻走掉的同时物归原主。

但作为"穿越"回来的人，我没法就此作罢。我回头望向予曦，她还是那副垂着头，眸色暗淡的样子，似乎就这么甘愿授之以柄让人欺负到她头上。在瑞轩的叙述里，她最后走投无路，倒在寒夜的雪地中，黑暗与饥饿将她吞噬，可这不该是她的结局。

又扫了一眼面前的"恶霸"，我不知道她的死和这样的人有无关系，也不知道是不是我离开之后那些人卷土重来，但现在阻止这件事的肆意发展，是不是就可以将最终局面扭转过来？于是我抓住她的手掌试图让她站起来示威，但我能感受到的只是软塌塌的肌力，连同一起的似乎还有软塌塌的决心和一如既往怯懦又茫然的眼神。

我气不打一处来，又紧紧攥了她的手扬了扬，"你得学会反击！不能就这样眼睁睁看别人欺负你！"

不能就这样，眼睁睁地看着命运欺负你。

最终刺向欺凌者的冰冷视线还是没能落下来，但她只是轻轻摆摆头，说不必在意，深深望了我一眼，嘴角却留下一抹我看不懂的笑。

三

山城冬天下雪,瑞轩习惯在他的眼镜上哈一口气细细擦拭,予曦会每周到七楼的图书馆借书,问我和瑞轩要不要帮忙捎一本。屋外很冷,雪可能积了几寸,明天又化成水,洗净天上的灰尘。我握着温热的玻璃瓶,坐在予曦对面,看着她羚羊一样矫健劲瘦的身段,在阳光下透出一层金黄,带出几分不那么凋敝的生机。瑞轩捧着予曦捎给他的书开始侃侃而谈,从高中生活,到未来,到科技与进步,予曦默默地听着,我时不时插两句嘴,外面的雪下得安静,只剩我们嘈杂细碎的欢笑。

谁也不肯打破这清澈祥和的氛围,但我们都知道,藏在温馨背后的却是举步维艰的权宜,和心照不宣的禁忌——予曦家中有变故,如果我当初早一点知道,是不是就会更好?

我还是主动抛起一个话题,像石子在水面连打几个飘地泛起涟漪。

"予曦,或许你还是应该继续把高中念完……可以再申请助学金,我们也可以借你……"

瑞轩扯了扯我的衣角朝我轻轻摇头,眼神里写着不要再说下去。予曦"啪"地一下合起书,世界陷入沉寂,我感到莫名的紧张。

"谢谢。你们是我最好的朋友。"

她的眼睛很纯粹，阳光下呈现出琥珀色，以往总因为垂着头晦暗不清的眸子里这会儿却是惊人的倔强，恍惚间让我有种从未真正认识她的错觉。

"我知道有办法可以撑过去……但我不像你们那样有令人羡慕的家境，我等不起了……"

瑞轩说，予曦不是莽撞的人，一定是反复考虑过之后才做的决定。我重来一趟费尽心思和他们分到了一个班，却不能阻止变得扑朔迷离的发展，莫名的无力感涌现上来，但决定还是尊重她的选择。

瑞轩举起他的杯子往前碰一下，以水代酒饮下，祝我们都有一个光明的未来。那晚我们兴致高涨，我携了化妆用品吵嚷着要帮予曦好好打扮一下，为祝福她苦难日子的结束，快快迎来新生。

予曦今晚略施粉黛，我从未发现她这么好看过，唇红齿白，眸子亮晶晶的，里面忽闪着笑意，在月色下有种摄魂夺魄的惊艳。她一改往日的缄默，开始谈起以后去远房亲戚的珠宝匠那里做学徒的生活，学个三年就可以出师自立门户，她喜欢那些亮闪闪的东西，想自己设计打磨一些项链卖给别人，等攒了点钱，就去买一个小小的房子，再养一只可爱的小猫，空闲时间继续看点书。

我一边调侃她真是个书迷，一边靠在椅子上，眯起眼睛感叹一句，真好。

四

冬天竟然打雷，沉闷得有些可怕。

予曦决定上完这学期的课，她想最后再听一听老师讲课的声音。

一切的不对劲是从一个男人的贸然闯入开始的，他满脸胡茬，提着一个空酒瓶子，在众目睽睽之下进了教室，径直迈步向予曦的座位，扯着她的手臂就想往外拖，口中还念念有词，"你老子欠这么多债你也不管不顾的，这个月的钱呢？今天就出去给我打工！"

予曦虽然身躯瘦弱，但铆足了一股劲，被拉扯了几次也不为所动，像一颗被钉在原地的钉子，此时气氛已凝滞成冰点，颇有剑拔弩张之势。男人气急了，恶狠狠地扬起手上的空酒瓶，我见状赶紧一个箭步扑过去拦了下来，瑞轩则借机擒住他的手臂，夺过了那个酒瓶子。他骂骂咧咧地把我推开，我一下子跌坐在地上，发出吃痛的一声。同学们这才陆续反应过来，教室里霎时由零度变到像煮了开水，有些胆子大的人围过来试图牵制他，讲台上的老师也急匆匆前来劝阻。予曦坐在原地，手指僵硬地蜷了蜷又捻了捻，此刻心绪应当是如芒在背。

而那个男人，应该是他的父亲，依然在不由分说地挣扎着叫嚣着：

"上什么破学校，赶紧跟我回去！不然我在这里闹得你们不得安宁！"

他声音沙哑，说什么都似乎带有咒骂意味，把所有人都震慑三分，我心脏怦怦跳着，悄悄为予曦捏了把汗。就在这时，予曦站了起来，拧着眉头望向跌坐在地上的我，那时我才真正看清了她的神情，下眼睑折射着一点晶莹，分明写着心碎。许久，她不卑不亢地扬起头，直面父亲暴戾的嘶喊，而愤怒的火焰在她眼中安静地燃烧，我看到她喉头艰涩地滚动了一下，然后开口说道：

"闹够了吗？"

她的语调带着颤音，无不透露着克制与忍耐，男人一时间没有回答她，因为此时论谁都能觉察到予曦周身弥漫着可怖的低气压。但随后她的父亲又下意识地指着她的鼻子开始了新的一轮漫骂：

"学校就是这样教你跟你老子说话的？"

予曦猛然上前一步一把抓住男人的袖口，拉扯着就把人往门口带。

"教室不是给你发疯的地方，有什么事出去说，不要影响别人！"

仿佛开足了十万马力，瘦小的身躯突然迸发出了令人难以置信的力量，硬生生地将身边硕大的身体拽到了门外，"砰"的一声铁门被扇上，整个教室抖了三抖，不久后我就听到了外面歇斯底里的怒吼。

争执声慢慢远去，我们还是心有余悸地坐在教室里，窗外早已下起了大雨。最后我的视线落到了操场，予曦不知道用了什么样的力量把男人带到那里，两人似乎还是扭作一团争执的样子，从楼上望过去就像两粒白点，慢慢挪向校门口的方向。冰冷的雨滴无情地砸着，几乎要将予曦苍白瘦小的身体碾碎，这个时候甚至没人能够为她撑起一把伞。

五

那是我最后一次见到予曦。

发生了这种闹剧，予曦很难再找到理由待在学校里。我和瑞轩试图去她常去的地方找她，也造访过原来的住址，可那个地方早已变得空荡无人，予曦杳无音讯。曾经在班上如同透明人一般的予曦，在这之后却成了讨论的焦点，关于她还流传着几个不同版本的传闻，有的说她和她父亲到外地打工去了，有的说予曦不堪重负选择了结束自己的生命，也有的说她悄悄离家出走，远走他乡另谋生路，但谁也没有确切的消息。

这种讨论声并没有持续很久，几个月之后很少有人再提这件事，再过几个月，予曦生活过一切的踪迹就好像消失了一样，几乎所有人都把这位没什么记忆点的普通人遗忘了。生命有时候很轻，只有大厦倾颓之时才能激起一点短暂的恻隐，但有时候也是很重的，一个人的消失就仿佛海平面下的火山喷发，山峦崩摧的咆哮和滚烫的热焰都归寂于波澜不惊的表面，心中的城池却迎来了漫长的雨季。

所以予曦，你说世间是否总是如此，命运会有选择吗？除了为你写下备忘录之外，我不知道还能做点什么，也许我应该马不停蹄地把你的明媚笑容复刻下来，我怕自己也有一天会忘记。你曾经对我说，记得包里要常备一把伞，这样下雨的时候，就不会怕了；你曾经以肉身相抗，独自遮住了所有的暴雨，但那个最需要伞的人其实是你，不是吗？

【命题小说篇】

希望祝福为时未晚,如果苍天有幸,祝你平安,我的朋友。

程凤

四川大学文学与新闻学院 2022 级本科生

北极星

王思淳

王立默后来才知道，自己其实什么都没能改变，除了那首诗。在写出那首诗的那个难忘的夜晚，他觉得自己得到了命运的庇护。那天晚上在走廊尽头杂物间发生的一切，他没有跟任何人提起过，直到三年后再次见到王思淳——那个被命运戏耍的、也许一直处在自责中的曾经的同学。

那时他们都还没明白自己的无能为力。又高又狭长的杂物间里堆满了不锈钢管、矮小的粉红色塑料凳和床垫等等备用的生活用品，角落满是灰尘。十多个床垫叠在一起就像一块纹路整齐、方方正正的白色大理石石块，王思淳当时就坐在那石块上，一只手撑着身子，一只手拿着啤酒罐。杂物间窗外路灯的光是昏黄的，透过纱窗射进这个狭小的空间就像命运织的网，将他们轻而易举地网住。王立默坐在仅有的小木椅子上，轻轻挪动身子就有叽叽的声

【命题小说篇】

音。他正在抬头听那个有些醉意的人说一个令人难以置信的事实——王思淳是穿越回来的。

王立默只是觉得可笑，但很快他就开始迷茫然后悲伤了。他在备忘录里没有给任何人说过的新诗草稿的前一半被面前这个人一字不差地背了下来。喝完手里的酒后，王思淳微笑着，居高临下般断言疫情会在两年后结束，同时还告诉立默，他和那个刚刚对他表白的女生不会有好结果。"我是来劝你的，你要是答应她，事实证明，你们不到一个月就会大吵一架然后不欢而散。相信我，不然你会后悔的。"王思淳慢慢在床垫上躺下，将被捏扁的易拉罐狠狠向窗外扔去，"别答应她，这应该是最好的选择。"易拉罐被纱窗反弹回来落到王立默的大腿上。当时的他只是微微张开嘴，瞪大眼睛看着眼前这个发型有些凌乱嘴唇又很厚的自称是自己兄弟的男生，过了很久又看看腿上奇形怪状的易拉罐，逐渐缓过神来。王立默向来话不多，默默听他讲完了他穿越回来的感受和告诉他这件事的原因，立默当时只想着离开那个憋屈的空间，那个四面雪白的四四方方的空间。于是得知这一切之后他一个人冲出杂物间，关上门在门口不知所措，想尽力理清自己的思绪。

就像三年后他坐在去江竹村的公交车上试图理清过去

一切的时候一样。一个偏僻的村子，三面环山，田垄交错，有只沾满湿泥巴的白鹅蹭到他的小腿时他才回过神来。对他来说，这个村子实在太不现实了，简直就像他想象中上个世纪中国农村的样子。村口那栋用瓷砖贴满对外一面墙的唯一一栋像样的房子还是棋牌室。现在，许多大妈和老太婆、老头子一起搓着麻将，嘴里说着纯正的方言，桌子旁边黄色的实木椅子上两名妇女在织毛衣，都穿着红色大花开遍的短袖和黑色的长裤。对面那栋陶屋门口有只黄狗在趴着咬一把蒲扇，狗后面的竹椅上坐着一名昏昏欲睡的微胖的老太婆。也许是离得挺远，狗还没有注意到这个陌生人。他再次不知所措，就像三年前在杂物间门口那样。他左右环顾，想找到一个看起来比较亲切的人问问，却在两百多米外的田里看到一个熟悉的背影弯着腰在挖着什么。三年没见但他还是十分确信那就是他要找的人。他微笑着将手插在裤兜里，望着他，等待他注意到自己。

但那只黄狗好像并不喜欢浪漫主义，它突然用泥土般的狗叫声打破了这难得的命运降临时刻的场景的平静。他全身微微颤抖了一下，随即就感觉到许多目光的注视。

其实他拿出那封信的时候，也有这种感觉——这种许多人看着自己的感觉。只是当时并没有什么人会看着他,看着他从校裤口袋里拿出她不久前递给他的信,看着他咬着嘴唇用两只手的大拇指和食指捏住信的一边的中间缓缓用力,看着他停止。杂物间里模模糊糊的声音制止了他。直到三年后他也不知道自己到底该不该感谢那罐酒,要是没有那点酒精,故事可能早就结束了。不管怎么说,当时王思淳一个人在杂物间开始自言自语,这个声音虽然模糊而且微弱,但确实让王立默停止了撕那封信,慢慢靠近那扇门,盯着门上那个被磨得锃亮的不锈钢门把手,留心听着王思淳还在说些什么。他那时自言自语的话就是后来他来江竹村的主要原因。那时的立默也并不会想到,接下来的话也改变了他到目前为止写的最后一首诗的样子。命运有时会在某些地方留下痕迹。

"你觉得命运有时会在某些地方留下痕迹吗?"立默坐在陶屋客厅的木凳上,这样问道。

"啊?"王思淳从厨房端来一锅稀饭放在立默面前老旧的木头方桌子上,"你先等等啊。外婆,吃饭了!"

他站在门口向外面喊了一声,短暂的沉寂后响起了来自远处的回答。

"真没想到你会来,我们先吃,不等她。"他兴高采烈地回到座位上对立默说,"你是怎么找到这里来的?"

"我帮班主任统计过班里同学的户口信息,"立默吹了吹面前的稀饭,"专门记了你的。"

"这样啊……这里条件不好,你将就凑合一下。你来的时候我还在地里挖红薯,我跟你说,现在这个时节红薯最好吃了,你真会挑时候,哈哈哈。"他爽朗地笑了几声,盛完第三碗放好就在那件红色格子花纹的围裙上擦了擦手,看着他,"你不会以为我转到这里读高中了吧?"

立默没有回答,看他脱下围裙,里面深蓝色的、几乎没有任何图案的短袖给人独特的感觉。

"这里偏是偏了点,破是破了点,但毕竟是我老家。"王思淳用筷子扒拉碗边缘的稀饭喝了一口,"舒服!泡着红薯米汤都有红薯的味道,你尝尝。"

立默嘴里嚼着红薯,点了点头。

"你不来我都快忘了在二中的日子了。"

"你还记得那首诗吗?"

王思淳盯着碗里的稀饭,没看他:"早忘了。"

然后就是良久的沉默。

"别把我当时说的穿越当回事啊,都过去了。大家现在都过得好好的就行。"

"你背得一点不差,疫情也两年后就结束了,我和她……"

喝稀饭的声音打断了立默。

"这就是你来的原因?"

王立默坐的木凳叽叽响了几声。王思淳又盛了一碗。太阳快落山了,门口土色的石头台阶、屋外几棵柚子树和那棵粗壮古老的黄桷树、门廊边几株狗尾巴草、荒芜的田边的芦苇都被染成昏黄色了。蝉和蛐蛐的声音也弱了许多,夜晚要降临了。

"你说,那时灯光为啥要模拟夕阳的颜色呢?"

"你外婆还不回来?"

"几个老婆子聊起劲了,正常。"

王立默从裤子口袋里拿出一个信封放在桌子上。

"这是那首《北极星》。我爸等会儿就会来接我,你真的不想再说些什么吗?"

王思淳打开那封信,借着几乎消逝的阳光小声读出了上面的字。

你在我旁边坐下
笑着看着我

我指着深蓝色的天空

你看，北极星一直在

然后两个深蓝色的肩膀靠在了一起

我说

你看啊，北极星一直在

我把所有沉默都抛向星空

转头看向你

我带着命运的使命

在你眼中，看到世界上最坚定的星光

夜晚的风吹过沉闷的橡胶跑道

我说

你看到了吗，我一直在

"变了。后面几句不是原来那首《北极星》的样子了。"王思淳用几近冷漠的语调说着，跟吃饭前热情聊天时的语调完全不一样，"怎么会这样？"

"命运有时会在某些地方留下痕迹。"立默轻轻说，"它来过，虽然我们什么都没改变。"

"出去看看北极星吧，现在能看到了。"

"她在那个时空跟我结果是好的吗？"

"你觉得我骗你?"他那厚厚的嘴唇上下翻动,仿佛没有携带任何情绪。

"你别自责,如果你在的话。"

黑暗里闪出一束光柱,外婆打着手电回来了。

"你们高中时很幸福,高考后那个暑假你们分手时你跟我说,你一点也不后悔。"

屋外有不知什么鸟的咕咕声,立默跨过门槛。

"我走了。那天晚上后来,我一直在门口听着。"

王思淳顿了一下,他已经走远了。

"那个娃子是哪个哦?"外婆刚刚回家坐稳,边大口喝已经不热的稀饭边问,"来问你你写书的情况的吗?"王思淳愣在原地许久才跟外婆说话。

"原来他当时是相信了我的。"那几分钟,王思淳只是望着屋外的无边夜色喃喃地这样说着。

王思淳望着杂物间的天花板喃喃地说:"我也不想打扰你们的幸福,我也不想插手你们的关系,不想,不想改变你们的未来,但是,她当时对我说,她说'如果没有立默,我可能会爱上你'。这我实在受不了啊……要是不做这样的尝试,不抓住这次机会的话,我会后悔一辈子的……我,我也不想啊。他会相信我是穿越的吗?有人会相信吗？穿越回来改变我根本，根本不想改变的过去，为什么啊？我，我……"

立默差点哭出来。他倚着那扇雪白的门慢慢蹲下来，用手抚摸了一下那信封，感觉到命运的坚定，心里完成了那首半小时前还不完整的诗，并决定依旧取名《北极星》。

"外婆，小说标题叫《北极星》，您觉得好听吗？"

王思淳

四川大学文学与新闻学院 2024 级本科生

【命题小说篇】

痛点

隗伊

一

"我也希望我是在做梦。"

小马睁开眼看到一双熟悉的鞋,灰扑扑的,后鞋跟有点脱胶了,侧面画着一个很清晰的安踏标。她费力地眯着眼睛支起上半身,压低音量,"小张?干什么呢,这才几点啊?"

小张是我本人。现在站在她面前的我,浑身战栗,挡住了从蓝色窗帘透进来的微弱的晨光。我高中时期最常穿的鞋就是这双。几乎所有人都穿这个牌子,因为校规明令禁止穿400块以上的鞋,被抓到了直接没收。学校里一直流传着上一届有同学穿着耐克被年级组长逮到之后两只脚拖拉了一周塑料袋的故事,当时我和小马经常猜测,年级组长到底是通过那个醒目的对勾看出来的，还是真的能看出来一双鞋有没有超过400块钱。

"估计他能，"小马咬着学校只有每周四固定的面条晚宴后才会发的袋装牛奶含糊地说，我们两个的肚子都因为摄入了一些颜色可疑的面条隐隐作痛，不过没关系，适应一下就好了。"他家不是打小住香山脚下吗？人有钱的很，对这些有讲究着呢！"

旁边有别的同学经过，我们两个降低了音量，像老鼠一样窸窸窣窣快速穿过了走廊，这些看上去陌生的同学，谁知道会不会把我们的话直接告诉年级组长呢！惹不起我们难道还躲不起吗。

"快走，快迟到了。"我低头看表。

"早得很呢！"她愤懑地低头看着自己的手表，"你那快五分钟的破表能不能调一调！早得很呢！"

"早得很呢！"相同的声音，我恍惚地回到了所谓现实的时间中。她眯着眼睛给我看表，五点四十。距离我们校规上的起床时间还有五十分钟，距离学生间约定俗成的起床时间还有二十分钟。早起半个小时，是为了在正常时间点显得从容不迫。为了从容不迫，所有人都在飞快地往前赶，赶，赶。

"你在梦游吗！"

我呆呆地低头看她。该怎么解释呢，昨天睡觉前，还躺在没有暖气的成都，作一个抱怨成都阴暗天气的大学新生。今天一睁眼，回来了，物理意义的回来了，眼前是看了三年的天花板。我们高中宿舍下铺太低，几乎要让人躺在地面上，上铺又太高，把人紧紧夹在冷冰冰的床板和天花板之间。我突然发现，其实高中也挺冷的，怎么当时没意识到呢。

二

早操，无数双安踏鞋踏起跑道上刚积累的北方秋天的尘土，每个人都很吃力，在大家节奏不一的呼吸中，老师说，我们每天都应该用踮起脚能够到的标准要求自己才能有所突破。不仅是在体育上，还有生活中，她补充说。"这才是我们重点中学的学生嘛！"

再次见到重点中学一刻不停地踮着脚的各位给我一种说不出来的感觉。特别是现在，班里正在填"给三年后的我写目标校"，小牛一笔一画地给自己写下了"清华大学"四个大字，有同学凑过去问他，"你要去学什么专业啊？"

"天体物理，"小牛举着他的笔，似乎要把它当作飞船发射出去。

"啊……"大家发出了微妙的声音，舍友小马在旁边插嘴，"可是这个不好就业，工资还低……"

小牛大声地喷了一下，用有些怜悯和鄙夷的目光扫视我们，"你们太功利了！"他把这两个字咬得很重，表示不屑与我们为伍。

小牛的梦想是辽阔宇宙，是星辰大海，我们都感觉离得太远难以望其项背，不过过于遥远的地方，把我们送过去也没有人是真的想去。无论如何，大家都顿时自发地不堪起来，略带羞愧地散开，接着往下一张桌子那里聚集。穿越的时间点刚刚好，期末考试结束了。在印着正确答案的A3纸发下来后，在我们飞快地头脑风暴算出自己的分数后，在大家虚与委蛇地套出对方的分数后，每个人都像紧绷的弹簧一样"咣"一下松散下来，除了考题什么都不装的心都空空如也，急需一些谈资猛地吹进去填满。

今天大家讥笑般聊的是倒霉的高三学姐。

真实的时间线里，我是没有看到那一幕的。好不容易回来一次，在跑完操大家像被牧羊犬驱赶的绵羊一样争先恐后地往教学楼赶的时候，我告诉自己，不赶了，不赶了，多看看没有阴云笼罩的蓝天吧，现在才知道秋高气爽的珍贵。

可是在我慢慢踱进教学楼的时候——窄窄的窗户让阳光一下削成了薄薄一片，我听到了隐隐的啜泣声，后知后觉的我怀疑可能是那件事，于是急忙循着声音来到了卫生间。

比走廊还要阴暗的狭小空间，像陷入了外太空的一个扭曲空间，进入其中的一切声音都被迅速放大了，我踮起脚尖偷偷地踱过去，朦朦胧胧地看到一个女生在那里不停地抽噎，旁边背对我站着的似乎是她的班主任，手里卷着一本书，从无数人那里我听到过五花八门的书名，知道那是一本被扣的"闲书"。

"什么时候了？"班主任冷峻地开口，"马上就放寒假了，回来就百日誓师，你不看看自己的卷子，在这里读违禁书？考完试就能放松了吗？"

学姐不说话，低着头，不停地抓着自己的衣角。

"看看你的物理成绩，"老师继续兀自说道，她低头看了一眼手里的书，用有些嘲弄的语气说，"有这时间多算算题吧！"

接下来，怒目圆睁的老师侧过身发现了站在卫生间门口的我，她本来张了张嘴想继续说什么，但最后只是回头丢下一句，"我都不惜得说你！"就带着那本书踩着高跟鞋嗒嗒嗒地离开了。学姐还在原地捂着嘴抽噎，可怜巴巴地抽着气，像止不住了一样。不过缓一会儿，适应了就好了。她最后还是平静下来，逃也似的离开了卫生间，向看上去能吞没一切的高三走廊尽头去了。

老师转身的时候我看到了那本书，居然是《三体》，通过封面我猜是第二部或者第三部。因为到我们上高二的时候，它摇身一变，从"违禁闲书"成了"重点科幻读物"。我们被鼓励阅读，要考物理系的小牛读得尤其认真。

年级组长对这一事件发表了一番评论，"她都不是个重点学生，"他在办公室里声音很洪亮地说，没有在意旁边还有很多学生正沉默地协助数着卷子，不过好在他们大概都是重点学生，理所当然地对这些上来就贴标签的话题联想不到自己头上，"听说平常不声不响的，没想到能干出这种事。"

我们班主任坐在旁边，无可奈何地说，"这种孩子最麻烦。"

大家还在猜测高考前胆大包天浪费时间的学姐读的到底是什么书，我的眼前却不断闪回她在一片寂静中止不住抽噎的样子，不知道为什么，哭泣的她和正认真憧憬探索天文的小牛的脸渐渐重叠了。我想到三年之后，也有一个因为物理哭的人，是小牛，离清华的分数线差了十分，拍毕业照那天带着红肿的双眼来了，远离一切热闹的喧嚣。他后来复读了一年，结果还是没有考上，最后去了一所相当不错的985读金融。

"没关系！学弟！"同学聚会的时候小马宽慰一脸阴沉的小牛笑话他"凡尔赛"，大手一挥，"现在是看专业，不是看学校！你这是王牌儿！金融多好就业啊！"

小牛看着她，被安慰到地笑笑，"那倒也是。"

三

我做了一个梦，宇宙飞船一飞冲天爆发惊天动地的轰鸣，几乎要把大地震碎，我静静地待在操作舱里感受身体的撕扯与浮动，想到了遥远的宇宙里有三体人，想到了弹开笔帽的小牛。场景切换，我无力地从返回舱里被抬出来，大家像迎接英雄一样迎接我，有欢呼呐喊和鲜花，我看到了爸爸妈妈，年级组长，我所有的高中老师，他们都笑眯眯的，有人问，"小张同志，你有什么感想吗？"许许多多个话筒举到了我眼前，我断断续续地说，"为了这一次上天，我这么多年的训练真的很辛苦，真的真的很辛苦……"

围在我身边的人状似感同身受地点头，大人们用期待的眼神示意我，我知道我要说什么，没吃过猪肉还没见过猪跑吗，像所有经历这种荣誉时刻的人一样，我明白我应该学着他们说，但是飞上天的那一刻一切都值得，但是我很光荣，但是我很自豪，但是……

但是……但是大家见过真正的太空吗。是真的，一片漆黑，什么都没有，你甚至都感觉不到自己的存在，这种时候，你们肯定都会觉得人类很渺小吧，可是宇宙有一种奇怪的作用力，当你置身其中，真的感觉不到自己的时候，你的一切痛苦也都跟着消失了，就像……我被溶解了，我被消散了，我是一个微不足道的小点。

大家看上去都很困惑，也有一些不满，我突然很高兴，因为看到了这样的表情。我浪费了这么宝贵的机会吗，对不起呀。我在心里小声说，可是这是梦，我甚至都没去过外太空呦。

梦醒了。

我是被冷醒的，迷迷糊糊地转着圈抓点被子盖上，是暖气消失了。

我回来了。

我下床想找点水喝,没找到鞋,踮着脚踩在冰冷的地板上,突然踮不住了,我严丝合缝地站在了地上。顿时,从脚底生出一种从未感受过的刺骨的凉意,像失去重力的一盆水倒扣在了我身上。实在痛得太震撼了,让人足足停滞了三秒钟去反应。活动着麻木的脚趾头,我想,没关系,没关系,估计马上就能适应了。

隗伊
四川大学文学与新闻学院2023级本科生

一只鬼

马欣彤

一、初见

我遇到了一只鬼,一只忘了姓名只记得自己好像是个大学生的奇怪的鬼。

初见时,是五点的闹钟掀开我的眼皮,他就静静地站在那里,看不清面庞,黑漆漆一团,就那样默默看向我。说不害怕是假的,我却有一瞬间想让他像电影里的鬼一样张牙舞爪,但是他没有,就那样,默默地,悄悄地,看着我。我的感官在那一瞬间停滞,正像我应该大叫,却只是死死盯着他,正像我应该逃跑,却走向了这只鬼。

"你是从哪儿来的?"我拿着背诵资料跑出宿舍楼,寒风让我打了一个寒战,冷冷的月光洒在水泥地,我边小跑边问,哈出的白气慢慢归于漆黑。"我也有点不清楚,我好像就是在上早八打瞌睡,一醒来就发现在这里了。"阿鬼带点笑意地说："果然高中才是意志巅峰期啊，老了，老了。"空灵的女声，原来是女生啊，我想。我没有理她，径直穿过小路跑到操场，看到已经集合得差不多的人群，心中一怔，猫着腰钻进人群，将胳膊打直举过头顶开始背诵，年级主任像鹰似的细细巡视有没有偷懒的羊，西风撩起他发抖的发丝。

十月的太阳就已经赖床，大大的白炽灯照在塑胶跑道上没一丝温度，点点尘埃恍若星辰在灯下漫游，年级干事拿着分贝仪晃荡，我们喊得声嘶力竭祈祷着不是那替罪的羊。收了书要跑步，我等着口令，阿鬼忽然凑上来，"不觉得等待跑步的这个间隙很有幸福感吗？跑步——走！"不等我回答，双脚先我一步离开。"我想要怒放的生命——"汪峰激昂人心的歌声随着节奏跳跃，少年奔跑的汗水也挥洒在鼓点上。我逐渐感到力不从心，脚步慢了下来，胸腔里的腥甜味哽在咽喉。

"不是吧，这就不行了？我那会儿跑一千六百米可是轻轻松松。"那只鬼看着我幸灾乐祸，黑色的身体随着笑声而轻颤。我却捕捉到了里面的关键信息，"怎么你也是这个学校的吗？"我问道。"唔，这个嘛，"她停顿了一下，似乎是在思索，我期待着她的回答，呼吸在那一瞬间停滞。"我不告诉你。"虽然看不到她的表情,但我知道她一定是嬉皮笑脸,我刚要生气,她说:"恭喜你,已经跑完喽!"我惊愕,才发现跑操大队早已停下,我原来也可以跑完看似煎熬的长跑。

"别生气啦,你看你不是最后轻轻松松跑完了吗?"那只鬼在我身边环绕撒泼道歉,但直觉告诉我手中的土豆丝正被一道炽热的目光凝视。我拿着盘子疑惑:"鬼也会想吃东西吗?""怎么,瞧不起鬼吗?而且万一我是仙女呢!"她似是被我激怒,在食堂上蹿下跳。我不理她,坐在角落一个人吃起土豆丝来,"吃了四天的土豆丝了,省下了好多钱,学费也太贵了,这样爸妈就能少干点活吧……"我默默想着,一阵苦涩却涌上心头。

中考的失利像流着血的伤口,在心中反复被恶意自虐式地剖开再愈合。少年的心思总是细腻又敏感,像是夏夜的一声响雷,闪亮夜空之后,暴雨一发不可收拾。见我情绪低落,那只鬼从房梁上飘下来,小心翼翼地靠过来,"你看起来不是很开心。"她想抱住我,犹豫了下又走开。我低下头自嘲,却发现碗中不知何时被放了一根焦糖色的鸡腿,我怔怔看着她,她挠挠头,比了一个噤声的动作,透过黑漆漆的表面甚至可以看到她狡黠的笑,"你才高一,闹出胃病来可就得不偿失喽。"是因为今天的阳光太好了吗，阿鬼没那么黑，还可以看到脸颊的两团红晕，像春日浅粉桃花瓣。我夹着鸡腿，低下头，用微乎其微的声音说："谢谢你，阿鬼。"可仍然被她捕捉到，高兴地飞来飞去，最后停到了巡查的年级干事的头上转圈，神气地说，"这下你可得相信我是仙女姐姐了吧。"觉得脑袋凉飕飕的年级干事，摸了摸头顶稀疏的头发，我才发现我脸上早已挂上了笑容。

于是，渐渐地，我习惯了身边这只鬼的存在，习惯她适时的关心，习惯她偶尔的调侃。我像一只刺猬，将尖刺对准一切未知，保护柔软的肚子。每天无聊时就和阿鬼说说话，她也会像老妈子一样告诫我良好的人际关系在高中必不可少，说这是她作为过来人的血泪教训，我受不了她的叽叽喳喳，不理解她为什么总是想着要把我往外推，明明拥有彼此就已经足够。但她每次欲言又止，只说孤单是她高中的遗憾，希望我能为她填补梦的缺口，我于是走入了人群。我问她大学是什么样子，她说大学同样疲惫，但是在奔波中会找到自我。她自诩为985高校学生，我问她题目她却支支吾吾，装头昏眼花，说自己看不得天书，我便只能一道一道去练习，不会就找老师，找同学，看着排名一点点靠前，她比我还要欣喜若狂，抱着我的头摇晃，"你怎么这么棒啊，和当年的我不相上下啊！"我故作严肃推开她，心里却是止不住的满足与轻快。

我有时会想，要是阿鬼可以永远陪我就好了。但是吃饭路上我多了朋友聊八卦，跑向操场的小道也多了陪伴者一起吐槽，我被他们吸引了目光，四周总是热热闹闹。阿鬼的孤单让我愧疚，回头时却发现阿鬼已不在我身旁。

我的高一就在那样鸡飞狗跳却又乐在其中的日子里悄然谢幕。

二、雪又见消融

转眼间，腊月悄然来临，我登上回家的大巴，大巴从黄昏驶向深夜，从车站出来，一片一片的雪花砸在地上，发出幽幽的寒光。我哈着白气，等着父亲开车接我。其实比起坐车，我更喜欢温柔的雪，昏黄的灯，慢慢走回家，可前几天阿鬼突然出现，我来不及欣喜，她只道"别让你爸走路来接你"，我心有疑惑，但直觉告诉我她值得信任。

我等啊等，却等来了母亲的一脸沉重，她没有多说什么，拿走我的行李自顾自背上，牵着我的手慢慢走在雪夜，昏黄的路灯染下她的发梢，几点银光却突兀闪着，是雪吗？好像不是。县医院的白光静静矗立，沉重而又静谧，母亲背对着我，看不清她的表情，紧握着我的手却微微颤抖，"车的防滑链突然断了磕到了树上，你爸爸他正在手术。"细若蚊蝇的声音炸开这团死寂，随着寒气弥漫。眼泪就这么毫无预料地，一颗接一颗地，砸在地面刚刚积起的白雪上，砸出小坑，越来越大。

手术终于结束，我跑着冲到病房，麻药劲渐过，父亲浑浊的眼睛诉说着太多，我头一次在父亲眼中看到了无措，看着身旁的母亲，他有点愠怒："不是说不要和娃娃说嘛，娃娃就回来小半天要这么折腾她！"等反应过来时，我已经抱住了父亲，不知道什么时候，他已经从那个似乎无所不能的超人变得这么瘦小，是一瞬间变的吗，我不知道。母亲捂着嘴背过身去不敢再看，我们三人哭成一团，不理解人间到底是什么疾苦。

半夜的医院走廊只有水龙头的滴答声有一下没一下，击中我的心脏。空气中飘着淡淡的消毒水的味道，我靠在走廊的墙上慢慢滑落，冰冷的乳白瓷砖让我忍不住打了一个寒战，"请勿喧哗"的牌子逐渐附上水雾。忽然发现双手被淡淡的白光染亮，我抬头，"这是你期盼的吗？""你相信我，已经不一样了，"阿鬼轻轻说着。"什么不一样？"

我皱起眉，不懂她怎么这么云淡风轻。"没什么，你相信我，爸爸一定没事。"我发现可以看到她的面容了，虽然并不很真切，但是莫名熟悉，身上半灰半白，有点像刚撬出的珍珠。

"你是怎么死的？"萦绕在心头已久的疑问面对着至亲与生命就这样问出，"啊，死吗……"这个字在她嘴中反复咀嚼，最终化为一声苦笑，"我不记得了。"像被风雪裹挟，冰冷，沉默，融入夜色。我们默契地没有再说，当我哭得红肿的眼睛再也支撑不住，倚着医院长椅昏昏欲睡时，只听到一声轻叹，"我只希望你能好好活着。"

所幸父亲伤得并不严重，不久就可以出院正常生活，我也忙忙碌碌到了高三。我站上领奖台，作为学生代表发言，得到台下一片掌声与喝彩，光打在发言台上，我有些恍惚，原来我早已与曾经那个自卑敏感的自己告别，脑中忽然闪过那抹白色的总爱叽叽喳喳的身影，自从医院的那个长夜之后，我们已经好久好久没有见过了。

三、破晓前的长夜

不知不觉就到了高三的六月，时间像一块黑巧，吃在嘴里时觉得苦涩漫长又煎熬，吃完后苦涩的记忆却一点点消失，回味时还能品出一丝甜。高考的座位刚好靠窗，无意一瞥就能看到窗外的枝丫疯长，暖阳肆意。在金色洒满大地的余晖中，我捧上了属于自己的白玫瑰，我的高中就这样挥手告别，如果阿鬼在，她会为我骄傲吗？她一定会抱住我的脑袋晃来晃去，说我比她还要厉害吧，想到这儿，我无意识地傻笑，话说她是哪所大学的呢，我一愣，我原来对她一无所知。

与阿鬼再见比我想得更早。彼时我正提着用天蓝色丝带系好的蛋糕，高中的最后一战可喜的结果便是送给自己最好的生日礼物，我哼着歌穿过路口，全然不知百米开外有一辆醉驾司机的轿车，觉察到时为时已晚，它无情、恐怖，朝我横冲直撞过来。我整个人便木在了那里，大脑也不能支配双腿，我的十八岁才刚刚开始，就要在一场荒唐中悄然谢幕吗？

车子在距我半臂距离处堪堪停下，当然不是司机突然清醒，是她，泛着几近透明的白光，像一朵霜打的白玫瑰，却拼尽全力横在路口拦下了那辆飞奔的车，她踉跄着向后退，我看到了她脚底并不存在的碾出的痕迹。我将快唾出去的理智又拼命吞咽回肚子，我想问的东西太多，见到阿鬼转身又什么都说不出来了，曾经模糊的面庞逐渐清晰，我看到了那曾藏在黑雾中的，赫然是我的面容。

人群攒动，叔叔阿姨们拥挤着上来声讨这个马路杀手，我却看着阿鬼逐渐消散，我急着上前，阿鬼转身拥住我安抚，泪落到我的肩上，很烫，很烫。

"没事了，没事了，我们终于可以活下去了。"

"那你为什么在消失？"

"傻子，你太愣了，我受不了就要走。"

"别骗我，我知道你是我，我还活着，你怎么会离开。"

"对啊，我还活着啊。你上次问我为什么死我不知道怎么回答，第一次是在那个雪夜，第二次便是今天，之后那几次是我故意的，这样才能回来见你。嘿嘿，幸好都不算晚。"

"谢谢你。"

"哎，多亏了你这个小太阳，热情又向上，我才能读到大学，见到更多风景，不然我只能和爸爸都沉睡在那个冬天。所以我才该谢谢你，是你救了我们。"

我什么都明白了，坐在地上看着一片虚无又哭又笑，蛋糕被砸得不成样子，人们只当我是被吓傻了，警笛声带走了这场闹剧。

原来初见便是重逢，拯救亦是自救。在时间长跑中我一遍一遍挑战着命运的不公,嘲笑着上天的无能,在一次又一次相遇中增写自己的人生簿。或许有一天我会又看到那个自卑懦弱的我,不顾她见鬼的表情,拥住她说一句,你真的很棒,我会一直爱着你,纵使走向生命的尽头。

马欣彤

四川大学文学与新闻学院2023级本科生

覆辙

曾雪梅

小李同学，是一个平凡的人。他沉闷寡言，平凡得如同地上的碎屑落尘；微风甫一经过，就会轻浮地上扬，失去风力依托后又慢悠悠下落，轻贱地融入泥污。如此周而复始。

就像周围的大多数孩子一样，小李也有一对"中国式"家长。他每周都要上杂七杂八的辅导班；高三课业最为繁重时，甚至春节期间他还要坐在妈妈电瓶车后座，奔赴名师家中补课。不过事实上，哪怕种种外力援助，小李的成绩也只是勉强挤进中游。

"小李啊……你在学校……一定要……"妈妈温柔又暗含期冀的声音从电瓶车前面传来，被呼啸而过的寒风给刮得支离破碎，不成语句。

小李理所当然地没有听清。但哪怕是单细胞生物在日复一日的训练下，都会成为巴甫洛夫铃声下最忠实的狗儿。在扮演学生这个角色的十数年，父母与他谈论最多的话题——不是生活——而是学业。他不用耗费一丝精力，就能知道妈妈一定又说了什么嚼烂的陈词滥调。

小李有些疲惫地将头埋在妈妈的后背，但还是肯定地回答道："我都知道的，妈妈。"

此时恰好是红灯，电瓶稳稳当当地停在停止线内。势头减弱的风儿将小李的话一字不落地传进小李妈妈的耳朵里。她有些不满小李的寡言，皱了皱冻得通红的鼻子，叹了口气——正欲发作时却眼见着红灯转绿，于是只好隐忍，急匆匆地起步上路，也顾不得管教了。

车速猛地加快，小李更加用力地抱紧妈妈的腰，一言不发。

剩下的寒冬里，最亲密的两人之间只余悠长的叹息与彼此默契的沉默。

高三课业更加繁重了。尽管小李并不情愿，他还是很快投入更高强度的学习。

回应高中三年辛酸的要么是重重摔落，要么是如愿以偿；二者之间几乎没有任何过渡。在通往未来的狭窄的单行独木桥上，有多少人不幸跌落？

所幸，小李还是幸运的。他高考时超常发挥，如愿进入一所985高校——四川大学。

"哎呀，差强人意吧。"小李爸爸吧嗒着烟，压着笑，如此回复前来祝贺的七大姑八大姨们。

入学报到的那天深夜，别的蚊帐透出的朦胧的闪烁的光都早已熄灭；只有小李，躺在陌生的床上，直愣愣地瞪大干涩的眼睛，望着头顶的蚊帐，还在兀自胡思乱想。他到现在都不敢相信这一切是真的，只觉现实如大梦一般美好虚假，轻易就能破灭。突然，他向上伸出左手臂，一把握紧手掌，想要抓住稍纵即逝的狡猾现实。冥冥中，他似乎真真切切地攥住了某些奇幻的不可名状之物，那东西没有实体，却无法逃离，在他手心里胡乱挣扎。他甚至觉得自己听见了尖利的穿透人耳膜的惨叫；但当他凝神仔细聆听时，四周仍充盈着月夜如水温柔的寂静。他狐疑地缓缓张开手掌，有什么东西也随之如细沙流逝般四散逃窜，幻想的惨叫一下消失了。寂静，死一般的寂静……

小李莫名感到心悸，他直觉——一定——一定发生了什么……可他屈服于逆来顺受的躯壳，妥协于沉重困乏的灵魂，疲倦得无暇思考，也不愿去思考。罢了，兵来将挡，水来土掩。这么多年来，一直是这样的。

在月光逃离人间前的最后一秒，小李终究还是熬不住,沉沉地睡着了。

小李是在钟楼第三次敲响时醒来的。刻入骨髓的钟声对他的躯体傲慢地颐指气使;先于疲惫的灵魂,被驯化的身体猛地惊醒。笨重的钟按时摇摇铃,他便摇尾乞怜,自动按照规定好的指令起床、穿衣、洗漱……

哦——不过来自未来的灵魂却叛逆这枯燥重复的命令——精确的程序这次出现了小小的意外。

当他穿着拖鞋,顶着鸡窝头,踩着上课铃声进入教室时,全班同学都诧异地望向他,随后班上爆发出畅快的大笑;他脸涨红了,支吾着不知说些什么才好。

所幸,老师还没到;小李扫了一眼无人的讲台,松了一口气。迅速抬眼巡视教室一圈后,便僵硬地缩头弓背,在重重目光打量下,小步走向唯一空闲的座位。

浑浑噩噩地,在逻辑自洽的上下课循环中,小李独自度过了一天的兵荒马乱。

直到晚自习写完作业后,他才得以停下忙碌的写写画画来慢慢整理自己的现状。事实上,没什么好思考的;尚且崭新的手表上显示的日期和身边同学青涩稚嫩的面孔无不说明——他穿越回到了高一刚开学一个月时。

他随手拿过一支笔,一笔一画用力地在草稿本上写下:"我穿越了?!"力透纸背,字字泣血——原来是红笔。他望着那残阳般艳红的字迹,呆呆地失了神:为什么是我穿越了?为什么——非得是我?

他突然回神,喘着粗气,恶狠狠地瞪着那一行字,像是在看自己的万古仇敌。当初高中可谓是赴汤蹈火,一路过五关斩六将;考上985已然是祖坟烧青烟的一等一的美事。这下又要再来一遭——毫不夸张地说——让他直下罗刹地狱经受烈火炙烤也不过如此。

上天给他开了一个天大的玩笑,满不在乎地将他戏耍;而他只能咬牙接受,别无怨言。

他徒手将草稿本上的字快速抹花。血红晕染开来,遮住了演算草稿,也染脏了手。

他别无选择,只能伪作虔诚,俯首跪受甘霖的"恩典"。小李安慰自己,至少,在高考后他被父母强迫着,仔仔细细地研究了考题与答案。

他迷茫中甚至妄想着:也许重来一次我能考得更好……

可他的美梦破灭了——在仅仅一个月后——在父母下厨烧大餐庆祝他月考考了第一的第二天。

他又回到了高一刚开学一个月时。这一次,他没有忘记梳头，换好了鞋；一个月的规律作息也让他提早到了教室。一切都显得如此正常，如此熟悉——语文老师这一次也迟到了。

他茫然，但还是按部就班地又度过了一个月，老老实实地上课、考试。期间，他试图找到破解循环的秘密，却不出意外地失败。

就这样，尽管不甘心，小李同学在这个莫比乌斯环中，走过了一个又一个循环；他重蹈覆辙，却无关春夏或秋冬。

在每日规律的读书交作业的驯化下，他削足适履，再次学会习惯；他难以遏制地想：也许这才是我原本的生活——考上川大或许真真只是一场他人善意配合的幻梦。

他不死心地去图书馆翻阅涉及循环的资料，挤出周末的闲暇去网上搜索相关事迹，但都无功而返。

可惜他不是故事片里的主角，可惜他的困兽之斗也只迎来无疾而终的惨淡结局。月末醒来的每天早上，都是新的循环——他快被逼疯。这张45转的唱片被外力强行调整到每分钟33转，一开始还能勉力工作，如今却到了强弩之末。

巴甫洛夫的狗终于塞听闭目，冲摇铃露出獠牙，恶劣地嘶吼。

在又一次循环的开始，小李同学终于不再去探寻，不再去挣扎，他自甘堕落，坠入深渊。他经常性地迟到、旷课，不交作业，甚至逃课去网吧。

面对老师的指责、父母的痛心，他有恃无恐，他从不悔过。

在月末的晚上，他难得在宵禁前回了宿舍，在舍友的鼾声中百无聊赖地等待新的开始。

正打算闭上眼睡觉，他却无意间从蚊帐缝隙中瞥见阳台上落地窗外的人影——那似乎是他自己？

是的——就是小李：他不知怎的头发乱糟糟的，穿着拖鞋，站在阳台外。

那人影吓得小李一个激灵，睡意全无——小李早已对神鬼灵异一类深信不疑。小李强作镇定，慢慢将头侧向阳台的方向，只见：人影冷冷地高傲地看着屋里的自己。

小李以为是幻觉（也希望是），使劲眨了眨眼，豆大的汗珠从他额头滴落，阳台处已不见诡异人影。

他边呼出口浊气，边把头回正；刚把视线投向自己正上方，就惊惧地看见一个雾状人影正轻飘飘地压在自己身上，阴冷地不屑地注视着自己。

小李几乎丢了三魂七魄，顺手抄起床上的台灯，下意识向那人影砸去。

此时恰好月落日升，人影身体被砸出台灯大小的空洞后，不知为何如泡沫般散去。

小李总算松了一口气，放开紧握住台灯的左手，心跳还未平息。

他直挺挺地躺在床上，除了急促的呼吸与过快的心跳，几乎像一具早已死去的尸体。

他终于想起了几乎被他刻意遗忘的这一切的开始：想起春节时妈妈冒着寒风接送自己补课，想起拿到录取通知书时的兴奋喜悦以及父母在亲戚面前故作谦虚却难掩自豪的神情，想起报到那天深夜的没有实体的诡异之物……

也就是这个时候，他才终于明白自己的无知与愚蠢：原来这一切，不过是报到那天深夜——不幸被自己短暂提住的上天展开的一场恶劣游戏。而在愚弄般的覆辙中，就在刚刚，他杀死了曾经的自己，彻底丧失了自我。

他该怎么办？小李不知道。

他已经回不到虚幻作乐的昨日；而他尚不明晰的明天……也还未降临。

曾雪梅

四川大学文学与新闻学院 2023 级本科生

【命题小说之六·《边城》续写】

沈从文的《边城》结尾是开放性的,其实可以接着写:

到了冬天,那个圮坍了的白塔,又重新修好了。可是那个在月下唱歌,使翠翠在睡梦里为歌声把灵魂轻轻浮起的年青人,还不曾回到茶峒来。

……

这个人也许永远不回来了,也许"明天"回来!

命题:请根据《边城》全篇和此结尾展开想象与构思,接续小说前面情节,续写并完成这个故事。

"回来"

——《边城》续写

王思远

到了冬天,那个圮坍了的白塔,又重新修好了。可是那个在月下唱歌,使翠翠在睡梦里为歌声把灵魂轻轻浮起的年青人还不曾回到茶峒来。

......

这个人也许永远不回来了,也许"明天"回来!

翠翠担起过渡人的担子来,仍带着黄狗,仍是那条渡船,一趟一趟地渡人罢了。只是日子好像格外的长,长得让翠翠觉得,已然是全年都沉浸在那个寒冬里了。溪水刺凉得让骨头生了寒气,黑夜漫长得让灵魂卸了盔甲,高崖的歌声好像又响起了吗?可是并没有。是孤鹰在悄悄划过静默的天。

茶峒的夜真长啊,月亮透进来缕缕余光。翠翠悄悄地躺在床边想着，眼睛里就多了些泪水，可翠翠倔，不让它们流出来，明明已经溢满眼眶，就这样强行被收回去。

她想着那个养育他长大的爷爷诶，如何抚养着自己这样一个可怜的孤雏长大呢。爷爷活着的时候，或许心里还有些许不满。可一旦真的离去了，却连爷爷的脸都不受控制的模糊起来，哪里还记得些旁的。这样情境之下，总想起昔日的美好来，而今只她一个人在溪边渡人了。

她又想她那早年殒命的父母来，好像在光里，她看见了父亲牵着母亲的手，沿溪边走着不见了，就只不要她。她又在后面乞怜追，可他们仍旧不回头。她渐渐怨起来，怨命运让自己像飘萍，风雨欲大作，也只好零落摇缀。

她又想起那个好看的年轻人，曾是如何在高崖唱了一晚上的歌，如何邀请自己去家中小坐，自己是如何误解骂他……他们曾如何青涩懵懂……可又想起大老如何被淹坏，顺顺如何的冷淡，以及那中寨人的碾坊……直到他决意离开了，到现在也不曾回来。

他们都走了，都离开翠翠走了，眼看着倒是黄狗死守着她……

三年的日子真长啊，如洪水猛兽般以无法阻拦之势侵蚀着这里的每一个人。顺顺的码头生意因着外头兵乱惨淡十分，傩送只顾着心里的痛苦，全然地忘了他年纪渐长的老父亲，终年劳碌又老年丧子地力不从心——甚至是病入膏肓。加上业已荒凉的家业，让傩送不得不回来了。听着那王团总的女儿竟也是还未出嫁，家里的碾坊还等着做陪嫁妆奁，如今又打发了人来问。顺顺眼看着自己恐怕是无福再享子孙的福气，临了好歹为儿子做做打算，那故去老船夫的孙女孤身一人，孑然一身罢了。如今家业衰败，日子惨淡，外面战火四起，哪里还有多少安生日子可过，于是中寨人的嫁妆又悄悄让他心里的秤倒戈了。

因着顺顺也曾帮忙操持爷爷的后事，翠翠心下不忍，难免也来探望一程，少女也想着见见终于回来的心上人啊，忐忑地悬着心到了船总家里，犹豫着怎么推门进去。却听着里面傩送的啜泣，顺顺沙哑地吊着嗓子："傩送诶，听我的，你就应了吧。"傩送只顾着伤心的摇头，不作回应，只狠狠握了父亲的手。顺顺急了，一阵微弱地咳嗽："你，你快去应了，儿啊，咱的日子哪里还似从前呢，如若不是当年你母亲的些许产业，我纵使再有头脑也拿不出起头木船的老本啊，唉……你这样，让我如何合着眼呢？"眼看着父亲的眼皮软软的已要耷拉了，傩送无助颤抖着，哭着喊："可……可！不——别……好！好！我去，我去应了……父亲……别！——"床边的傩送泣不成声，俨然答应了父亲的心愿，顺顺弥留之际听见儿子哭喊的应答，挣扎着伸起手来，想像小时候那样抚摸痛苦地颤抖着的儿子，只可惜，勉强抬了一半，手便不受控制地重重地落了下来。

随着顺顺花落，屋子里乱成了一片，顾着伤心的，顾着报信的……没有人注意到角落里的翠翠悄悄走了——带着黄狗又一个人渡船去了。翠翠的脸上看不出什么表情，只耳边一直响着那个好听的声音说："好！好！我去应了！"她听到了这个意气风发的青年对临终父亲的承诺，明白了他们终究走不到一起，她的小小渡船渡不了他的鸿途，也撑不起他们的未来。她听到傩送说了好，听到他答应了婚约，决意不再纠缠，或许，他哪里还记得茶峒的翠翠呢？

傩送办完了父亲的丧事，一切调停后，他知道，不能再等了。去了外面的世界，他才明白碧溪岨的世外之感。民族临难，焉有男儿瑟缩于一隅的，他参了军。三年里，身赴战场，脑海里始终忘不掉的就是那溪边渡船上的灵巧身影，午夜梦回，她的一颦一笑充斥着他心的全部。借着回来，他终于下定决心：她如若还愿意，那他便带她一块走。

好看的青年等候在溪边,等着那个灵巧的少女把船幽幽地渡过来。三年未见,或许是茶峒的长夜,悄悄打磨走了少女的活泼,翠翠身上反而多了些沉重。青年的喉结滑动,不知道如何开口,再见故人,声音带着沙哑,不再言他:

"翠翠……外面的世界需要我,你——愿意和我一起走吗?"

"不,不愿意!"

"你——"

"我爷爷的坟头在这里,我的家在这里,我的黄狗也在这里,我哪儿也不去!"

"可是……"

"傍晚又有人在高崖上唱歌给我听,我觉得很好听!"

傩送听懂了,翠翠也知道他听懂了。

有人过渡,翠翠回过头去撑船向溪水中间去了,只是转过头去的一刹那,泪水从眼中掉落,砸在了衣衫上。"明明已经承诺了婚约还来邀约,还要带着她一起走,走到哪里去呢?""像当年的父母那样逃走吗,可最后逃走了吗?"翠翠这样想着,她不愿再走这条老路。

【命题小说篇】

　　翠翠走了，傩送呆呆地站在岸边，他脑袋发蒙，想着那个灵动的少女，坚定地对自己说"不愿意！"，他有点后悔了，他不该离开这么久，独留孤苦无依的翠翠承担苦痛，而自己却出走逃避。他凭什么觉得她要一直等他呢？他后悔莫及，但悔之晚矣。

　　茶峒的夜很长，人们还在沉睡中，年轻的傩送走了，榻前的承诺只是为了让父亲心安，堂堂男儿怎可依附岳家过活，他大有国家需要报效。

　　茶峒的夜很长，翠翠睡不着，坐在船头望月亮，望着望着好像看见一个身影在夜色里离开……

　　傩送走后的日子漫长如流水。中寨人的女儿嫁了别人，碾坊自然也是归了别人。没几年，老马兵也走了，甚至黄狗的寿命也到了头。这里，真的只剩下翠翠了。她日复一日年复一年地在溪上渡船，像她爷爷那样完成着使命，且不再年轻，日子过得平淡地惊不起一点涟漪。

　　这一天，一个新的人民民主的国家成立了，喜讯传遍了山河，甚至传到了这世外的茶峒。翠翠仍旧在溪上过渡时，来了一个男人，沉默地看着水面。翠翠也沉默地渡着，只是偷偷地打量，男人身上的军装已经被洗的略微发白，布满老茧和创口的手牢牢地捧着一个匣子。她想着：

参了军的傩送大概也是这身模样吧。

到岸了，翠翠娴熟地把船拴好，好让男人下船。男人下来了，把怀里的匣子塞进了翠翠怀里："这是傩送最后的心愿，让我一定把他带回到一个叫翠翠的茶峒渡船女的身边，他说……"

男人后面说了什么，翠翠一句也没听。匣子里装着的是傩送的军牌信息和一个二等功奖章，翠翠知道，战士从来都是在哪里倒下，就在哪里长眠。浪打来，渡船挣脱了绳子，顺着溪水飘走了，翠翠没追。

山边的云被夕阳映得火红，翠翠抱着匣子，坐在岸边。每一朵水浪仿佛都打在翠翠心里，像是遗憾，像是释怀，像是重逢，又像是告别……

翠翠知道：这个人永远不会回来了，但他已经"回来"了……

王思远
四川大学文学与新闻学院 2023 级本科生

万物生长

——《边城》续写

黄浩东

到了春天,茶峒悠扬的笛声再次响起,碧溪岨旁的虎耳草又冒了出来,老黄狗在岸边窜来窜去,当给它自己解闷了,也是在给翠翠解闷了。翠翠坐在白塔旁长出的新草上,看着顺顺家送来的新渡船,油的青漆尚还发亮,又看了看对岸的芦苇丛随风摇晃,白白的芦苇在白雾中形影难辨。

"船夫,船夫,帮忙过渡嘞!"对岸传来的喊声中断了翠翠的发愣。

她立起身,急忙拍了拍裤子上沾的草杆儿,黄狗也依着主人跟在后边,帮忙引着船头的绳子,初春绵延着的细雨,淋得船桨黑了几分,也重了几分,又碰着此时大天晴,翠翠稍吃力地划到了对岸后,眉心已渗出细细的汗珠。

"好嘞,是个水灵的姑娘嘞,怎一个人在这儿拉渡船嘛?"

过河的是一对中年夫妇,大娘操着靠北许多的口音同翠翠开谈,想必是从远方来,且在茶峒歇了一夜又要赶路的。

"我家娃儿和个长沙女伢子成家了,我俩老的去看儿子讨媳妇!"

渡船慢慢荡着,在过渡人一嘴接一嘴的笑谈声里,溪中的冷清气氛渐淡。翠翠虽听不大明白过河者所说的每一句话,却也能听出说话人谈及了婚嫁,也能看到他们飞扬的神色。夫妻俩很是开心,从口袋里掏出钱来塞进翠翠手里,翠翠愣了愣,回过神来又急忙想要拒绝,赶忙又要塞回大娘手里。

"小姑娘,拿着嘞,当是接了我们一份喜气了,我们回头还要劳烦你给过渡的嘞!"大娘咧着嘴拍了拍翠翠肩膀。翠翠想了想,也不好再拒绝了。

笑着招呼他们走后,翠翠独自坐在屋沿口边上,瞥了瞥白塔,看着对岸摇晃着的芦苇又低头失了神,有人走到对岸岸边也没察觉。

"翠翠,翠翠,我回来了。"老马兵一手提着大猪肘子，一手提着一条大鱼，腰间酒葫芦亦吊得如秤砣般垂下。

自祖父去世后，杨马兵就一直陪同翠翠住着，填充着祖父离去的空缺，然更多时填充的却像是翠翠从未感受过的身份。杨马兵平日里话并不多，可面对翠翠，他却总有说不完的话，他不怕给自己闷着，却总担心翠翠心里遭了闷。

"今天过节，我已请好镇上裁缝铺的张伯伯代守半天渡船，待我俩吃过响午，便去镇上耍耍吧！"老马兵注意着翠翠的神情。

自祖父去世后，翠翠就未离开过碧溪岨，心上总不很明朗。翠翠心里想要去镇上看看，但却又不知道何处可去，欲要拒绝，又偏了偏头看到老马兵期待的目光，翠翠不想辜负杨伯伯的一片好心，想着跟着杨伯伯屁股后头，就当是走走，去哪儿也好了，便答应了。

三月三这天，整个湘西地区都已你侬我侬，而茶峒也早已蕴满了暧昧的气息，情歌酸溜溜地从山这头传到山那头，枝头的鸟儿也比平时挨得更近了。翠翠心里仍惦记着早些时候过渡大娘谈及的婚嫁，那个把她心取走，却没还回来的人在哪儿呢？

灶台旁，老马兵坐在矮板凳上烧着柴火，翠翠往锅里添着炖煮鱼汤的佐料，汤越煮越浓，越煮越白，老黄狗闻着这鲜味，也伸展着大舌头。炊烟被云朵带走，不久就没了踪迹。随着碗中的热气散去，天上的热气恰好走出。

不多时，太阳已冒到头顶，裁缝铺的张老伯肩搭着一条白汗巾，戴着一副已经泛黄的小圆框眼镜在对眼吆喝着。张老伯到碧溪岨接班后，翠翠便跟着老马兵上镇上去了。还未走上街，便听到情歌四处响起。

"三月三那个好天光诶，我和情妹妹敞心堂哟，妹妹莫要跟别人走喂，同哥哥到山头把花儿摘嘞……"

街中早已围上一摞子人，有看热闹的，有给自己儿女对亲家的，自然，最亮眼的是唱着情歌寻求真爱的嘞！

"翠翠，你看，街上好不热闹啊！"老马兵笑呵呵地看着小伙子扯着嗓子倾声唱。翠翠若有所思地看向另一头的吊脚楼，河街两旁早已歌声嚷嚷，即使此刻没有舟在其中荡，也颇不平静，船总顺顺老远便到看到两人，走来邀请两人去家中吃茶：

"翠翠，好久不见你哇，近日可还好？同你杨伯伯到我屋里吃壶茶吧。"

自二老决心出辰州，下洞庭，已足有三个月，若说顺顺一家不想事，他马兵心里却想着事。老马兵直到看过翠翠脸上未泛难色，才应声说好。

吊脚楼看台上，能看到河街两旁熙熙攘攘的人群。顺顺给马兵和自己都点上了一支烟，吃下一口烟，顺顺抬起头，有些为难，又有些心疼面前这个女娃娃，皱着眉说道：

"翠翠啊，近些天心里可还好啊，生活都还过得去吧？"

翠翠笑了笑，没多想便说："没什么不好的，爷爷就在白塔上住着呢，夜晚有爷爷陪着我聊天，白天有杨伯伯伴着我拉这渡船。"

顺顺显得有些为难，顺顺心里明白，大老遭船难这事不怨翠翠和老船夫，去远处行船，生与死皆看老天！二老心里不痛快要气，他顺顺却不能再不痛快，"翠翠，我老了，糊涂了，年轻人的决定当由你们自己做，你且放心，待二老回来，我定让他给个答案！"顺顺挺着胸口信誓旦旦地打下包票。翠翠明白二老遇上了这些事，斗气下行，可三个月的苦苦等待，又何尝不令翠翠苦恼呢？

平缓的河面反的亮，由西下的夕阳，变成了河街旁吊脚楼的灯，篝火在镇上点燃。众人满载欢声笑语，围成一个大圈，共喝两口酒，小城在醉意里愈发躁动，翠翠把辫子甩在右肩前，看来甚是乖巧，或因篝火映射，或因内心久未开怀，她的脸蛋红扑扑的，美丽娇羞的样子闯进了许多人的心窝里，"翠翠，翠翠，我看了，场上的姑娘，属我翠翠最美！"老马兵看着翠翠笑着，翠翠在围成一圈的篝火舞里跳着、唱着，仿佛一切的不开心皆被抛诸脑后了。

渐入深夜，小城重归平静，只有林间的竹，不因日月的消潜而睡眠，风一吹又继续摆动。马兵看着翠翠开心，自己也开心了许多，一路上步履虽曲折，但却十分轻快。回到了碧溪岨，与代守渡船的张裁缝道谢过后，翠翠又坐在白塔前的草地里想，想着今天所听到的和看到的。

月光皎洁的，翠翠的脸却绯红的，心好像也有些乱了。躺在床上，翠翠在期待着，期待着曾在她梦中萦绕的人的出现，那梦好像不在天边，就在眼前。枕着月光，和翠翠一起进入她香甜梦乡的，还有嘴角梨涡浅浅的笑。

第二天清早，晨雾蒙蒙，便见有人到了溪边，待雾稍稍散去，才发现这两人不是别人，正是傩送和他叔父。"老船夫，老船夫，出来帮忙摆渡啦！"傩送大声向屋里呼道，老马兵闻声走了出来。

"二老,你这趟出远门,是去的久啊,可还惦记我们这茶峒啊!"老马兵既试探又有深意地问道。

"你说的这叫什么话,这外头炮火连天,颇不安宁,谁愿意多待呢?杨马兵,怎是你在这摆渡,老家伙哪儿去了?"二老十分困惑,这么多年来,没有哪一天清早不见是老船夫来摆渡的。

老马兵指着白塔旁,神清略显惆怅。二老将目光顺去,只见一个已长满草芽的土包寂静地躺在塔旁,二老深深叹了口气,没再多问,径直走向坟前,跪下缓缓行了几拜,傩送虽怨老船夫做人不痛快,却也打心底敬佩,这几十年如一日帮人过渡的老船夫!

"唉!竟没想到,出门这些时日,有如此多变故!"

二老有些惭愧地低下了头,他忽又想起了那个扎着辫子的少女,倏然又忧心忡忡。

二老想马上见到那个使他魂牵梦萦的人,分别的三个月没能让这份感情淡下来,他的爱,像这初春的疯长的虎耳草,早已爬满了整个山坡。

"翠翠失去了一直相依为命的爷爷,会不会太伤心呢?"二老心中揣摩着,终也按捺不住问道:

"翠翠现在怎么样啦,她在哪儿呢?"

听过老马兵说翠翠一切皆好，二老皱着的眉头才松开了些。

在河街的吊脚楼安顿下来后，二老找到了父亲。看着父亲渐渐佝偻的背影，二老心中悸动，他明白父亲希望自己选择中寨碾坊的苦衷，如此便可往后衣食无忧。可碾坊虽好，却不是他二老心中所愿。

"父亲，出船的这三个月，我想通了许多，我知道你说的那些道理，可若要了那碾坊，我却永远不会快乐，我想，这渡船才是我的归宿……"

"傩送，我老了，糊涂了，你的事该由你自己定夺，你且去罢！"

船总顺顺见二老坚定了想法，心中也释然，大老出船出事后，顺顺总有些自责，如今顺顺觉得，哪怕是一条小渡船，只要二老能平安快乐，他也便满足了。

……

碧溪岨的虎耳草越长越茂盛了，翠翠怎么摘也摘不尽，太阳升到正空，溪边的小茅屋又冒起了炊烟，老马兵站在屋门口若有所思，时不时转头看向溪对岸。"杨伯伯，去打壶水来焖菜汤！"翠翠在灶台旁叫喊着。

这条碧溪供养整个茶峒的人的生活，里面是比哪儿都要清澈的，凑近了便可看到水底下的石子和小鱼。老马兵拿瓢向溪里舀过一大勺水，抬起头，便被这个在太阳照射下如镜子般的瓢晃到了眼。对岸此时传来喊声，老马兵缓过神来，看是顺顺父子，大约也猜到了来者之意，把瓢放在岸边，便先给他们过渡去了。

锅里沸腾的汤煮得要干了锅了，翠翠把灶台里的柴火抽了出来。"杨伯伯，你去舀个水怎么那么久哇？莫要被河里的大鱼吃了去了！"翠翠调侃道。可没等翠翠反应过来，便见三人一同走了过来。"翠翠，翠翠，快看是谁来了。"老马兵知道翠翠的心思。傩送目光灼灼地看着翠翠，让翠翠脸颊的梨涡在暧昧的目光里越看越深。

"翠翠，你可愿意……"

"我不愿意住你家那吊脚楼，那儿没有爷爷，没有碧溪岨的自在，可是我……"

翠翠淘气地说完后，小脸立马涨得通红，后边的话自也羞得说不出来了。翠翠跑了出去，她坐到了白塔的背面，看着在塔旁啄草的鸟儿，"鸟，鸟儿，大鱼要把我给吃掉了，你要去帮我把他啄出来么……"

夜晚，被云遮挡了一半的月亮，越来越明朗，悠扬的山歌又在碧溪岨的岭上响起，看到翠翠安然进入梦乡，白塔上的鸟儿也跟着叽喳，这鸟儿心满意足地唱过自己的歌后，知道自己应该离开了，飞到了岭的另一边，飞到了正唱得起劲的竹雀旁边，细语几句后，舒展翅膀，便朝着溪流向远方飞去了。

在被暮色覆盖的碧溪岨的天空里，茅屋顶上的炊烟比任何时候都要大，冒到了溪上，冒到了白塔边，茂盛了虎耳草，茂盛了这座寂静的边城……

黄浩东

四川大学文学与新闻学院 2023 级本科生

【命题小说篇】

过去
——《边城》续写

杨灿

　　河水又泛了豆绿色，翠翠仍旧引手攀缘着那条缆索牵船送过渡人对岸去，黄狗伴在船头，待船拢岸时衔绳头时的动作却不似往日迅捷。翠翠对躺在湿土里的祖父的思念似乎随着溪水的流淌渐渐淡去，但终归在她光光的眼里留下了些许痕迹。直到蓬蓬的鼓声从上游浮沉而来，她才惊觉又是一年初五，难怪今天过渡的人如此之多。翠翠慢慢引渡时，却跟着这鼓声飘向了远方，二老自下桃源至今始终未归，不知端午他的船只是否能赶回，还是只合在半路过节，又或根本尚未启航，翠翠不知道，现在的翠翠也不太想知道。

　　"翠翠，翠翠，我替你守船，你去吊脚楼热闹热闹。"老马兵站在山头，咧着嘴笑了笑，"一个人在这塔下住，怪孤单的，带着黄狗出去解解闷也好。"

二老许久不归，老是把马匹托给营上人照料也不是个办法，因此杨马兵陪着翠翠住了些时日后，便不得不离开碧溪岨，回城里住去了，只得空时过来和翠翠说说话，讲讲故事，宽慰宽慰翠翠，别的也并不多说。船总顺顺接了翠翠几次后也渐渐歇了接翠翠去城里住的心思。于是一人一狗就在溪边白塔下住了下来。

"伯伯，不用啦，龙船也不稀奇，还是你城里去和人喝酒去吧。"翠翠不犹豫地摇头拒绝了，"今天过渡的人多得很。"

"你这丫头，咋这么倔，就听我一回劝吧，别憋出病来了。"老马兵笑骂道，恨不得拿他那手戳戳翠翠的榆木脑袋。"你就松口气吧一天天的，顺顺……"老马兵一下子止住了话头，又轻轻地吁了口气。

眼见得船上的过渡人也要开口劝她了，翠翠只得忙道："好好好。"顺了老马兵的意。说是这么说，等到把船过了溪，却走过屋后塔下去小圃里不知捣鼓些什么，不多时又掏出芦管吹起了迎亲送女的曲子，引得老马兵哑着个老喉咙也唱起歌来。翠翠吹累了，躺在屋前的大岩石上看天空中的云走走停停，不知何时迷迷糊糊地睡着了，在潺潺的水声中又听见了歌声，这歌声托着翠翠的灵魂浮到了悬崖半腰，翠翠正把一大把虎耳草往背篓里放时，一阵强烈的失重感催促着她醒来，歌声也戛然而止。待翠翠晕晕乎乎地起身时，却猛然发现黄狗不见了踪影。

"狗，狗，你到哪里去了？"

黄狗从后山上出来，轻轻吠了几下。

"有了相好的就整天不见踪影。"

翠翠心里一松，见天色已晚，便上前去替了老马兵，放他去河街打打牌找找乐子，自己守起了船，听着若有若无的欢声笑语，盯着溪面上的薄雾发起了呆，想起河对面的碾坊已有了主，想到黄狗，又不知怎么想到了爷爷。不由得叹了口气，一切该来的都得来，不必怕，翠翠，不必怕。

日子一天天过着，又是一个雨天，黄狗焦躁不安，估计是要生产了，翠翠多少觉着这也算是个喜事，但每当过渡的些许人看到黄狗时那怜悯的眼神让翠翠迷惑不已，却也没多嘴问个只言片语，可怜翠翠根本不知道老狗将死时就会留个接班的，可怜这丫头！

当翠翠欢喜地捧着小狗仔给黄狗介绍时，黄狗却眷恋地看了一眼，呜咽了几声就没了生气。翠翠一下子愣在那里，然后平静地抚摸轻拍着，"睡吧，睡吧，醒来了别贪玩，多陪陪爷爷。"翠翠没通知任何人，把黄狗埋在了塔后山岨，和那一生引渡的祖父一起，翠翠没哭，静静地立在那里，耳边是风把两山的竹篁吹得直作响。

直到狗崽会走路了，傩送也没回来。

"有人吗？过渡，哎——有人吗？"

翠翠忙从屋里出来，带着小狗，摇了船，送人过渡。

那人显然没料到摆渡的是个小姑娘，一个劲地盯着瞧。

"是谁人？"

"翠翠，撑渡船的。"翠翠把那眼睛瞅这生人，见这人一双布鞋，虽然有些破旧，却也干净整洁，一条棉麻裤子，一件粗布上衣，颜色深沉而结实，犹如大地的颜色，衣襟上别着一枚古老的布纽，接触到他明亮澄清的笑容和深邃的目光，翠翠猛地扭过头去。这人像一块粗犷的岩石。

那男的看出翠翠并不想多言，却也不恼，自顾自地说："我是辰州来的，听说这儿的中秋极为不同，就想来这凑凑热闹，你们这儿有什么特色介绍介绍吗？"

"辰州来的？"翠翠有些犹疑。

"你知道一个叫傩送的吗，别名叫岳云的？"

这男的却突地跳进了溪里,向下游去,翠翠惊得站起来,渡船不稳地晃起来。

"小狗。"这人托起狗崽,缓缓靠近渡船,递给翠翠,又扶着把渡船稳了一把,转身向对岸去。

"这般大的狗顽皮得很,下次可要看住了,记住——我叫祈禄!"翠翠火急火燎地赶到时,只落得了这样句话。

又是一年中秋将至,其间祈禄几乎天天都过渡,一来二往翠翠便同他熟悉起来,连小狗一见他来,都跑过去迎,围着他的腿不停打转。大多数时候是祈禄说个不停,分享一些新奇故事,翠翠静静地听。十五到了,翠翠找了替身,带着小狗上城置办些物品,城里的热闹景象早已初露端倪,烤糍粑暖和的气息已经充盈,狮子龙灯已摆在河街旁,大筒烟火整整齐齐放在敞坪上,只待天黑便呼啸上天,化作花雨落入茶峒人的眼里和欢喜。翠翠带着小狗只急匆匆地走进卖杂货的铺子里,走过卖肉案,又想走出城,却不料半道上和船总顺顺撞了个正着。

"翠翠,有一段时间没见了,我几次接你进城住,你都不愿意,今天要不一起去吊脚楼上吃顿饭,赏赏月,看今天这日头,晚上月亮肯定美得很。"

翠翠手不知往哪放,"不用了,不用了"绕过了顺顺就往溪边跑。

暮色渐浓，中秋的夜晚显得尤为美丽，银色的月光下，山峦起伏，连绵不绝，近处的小溪潺潺流淌，同虫鸣共鸣。翠翠躺在屋里的床上，心里酸涩得紧，尽管平时表现得冷淡，在这个共团圆的日子里，没有祖父的中秋，还是有些寂寥。歌声正是在此时响起来的，翠翠边听着，边起身走到了屋前，对溪除了一片虫草的清音复奏外，有的是月光般温柔的歌声，翠翠掏出小管子和着吹，却始终不与那人对唱。到了残月时，歌声渐歇，却不想溪边薄薄一层雾中隐约透出些许火光。"翠翠，翠翠——"翠翠一听便知那是祈禄的声音，笑了几声，没理，转身回屋里去了。

自那天起，歌声仿佛永不停歇地在那月光照耀下的高崖之上响起。茶峒人都晓得，一个辰州来的小伙子在城里住了下来，一心只想要个渡船。最乐意的当属杨马兵了，他几次调笑着问翠翠，不仅没得到答复，还得了几个白眼，却也不恼，看出翠翠的心已经在这歌声日复一日中逐渐地被唱得软了，笑得畅快。

两年的日子过去了，在这个中秋，高崖两边终于都响起了歌声，如月光般柔软。

【命题小说篇】

　　翠翠又唱起了娘送女，在那顶花轿里，伴着身旁热闹的唢呐声，这歌唱出了翠翠，唱出了翠翠和祈禄的爱情，后来一直唱一直唱，又唱出了翠翠和祈禄的女儿菱菱。

　　翠翠放不下这白塔，也放不下这渡船，虽结了婚，却也时常过来送送过渡人，菱菱长到十四五岁后，也偏爱这一方天地，和翠翠一样，喜欢用她那双盈满了天地灵气的眼睛观察过渡的生人。

　　这天菱菱又溜出城里，引过渡人渡溪。

　　"是谁人？"

　　"是菱菱。"

　　"菱菱又是谁？"

　　"城里祈禄和碧溪岨渡船翠翠的女儿。"

　　菱菱早已习惯了，正等这人问下句话时，却没了声响，扭头想问些什么，看到那男的眼神时，又突然止住了声，这人眼神是真真奇怪，菱菱心中惊叹了一声，这念头转眼就不放在心上了，只加快了攀引缆索的速度。等到了对岸，便把绳子扔给身旁黄狗，"今天中秋！狗，走，不然赶不上热闹了。"菱菱来不及等，直冲冲跑向城里去了，手上一副麻花绞的银手镯叮叮当作响。

　　那人只望着菱菱和那黄狗，默不作声。

全茶峒人都知道中秋这天多年未归的傩送回来了,都打着锣鼓,到船总家中道喜。只翠翠仿佛什么也没发生一样,在河街上碰到傩送时,笑着向他打了声招呼,和所有人一样。

到了冬天,傩送又走了,那个重修了的白塔,藏了许多故事,苦于无人诉说。

·········

翠翠清晰地知道:

这个人永远也不会回来了!

杨灿
四川大学文学与新闻学院 2023 级本科生

【自由敘事篇】

【自由叙事篇】

窗外一片海

陈蕙

周小姐第一次看到大海时,恐慌随海水延至天际。初想,许是二十五年都生活在内地之故。

然而当她看向陈先生时,那海蓝得发黑,长风冒出,狂叫着刮过她的脸颊。墨鱼骨的碎片,鲨鱼断掉的尖牙,刚死去的猫眼螺卧过的沙粒,带着牡蛎咸腥的血肉的未成形的珍珠,像过去二十五年扁平的生活一样,割伤她初现老态的脸。她曾是那么期望见一见海。父亲的脸,收缩,膨胀,收缩。母亲的脸,翻过来,覆过去,翻过来。还有家乡网状的河道,在她十一岁那年把她绊倒。邻居家的大姐姐把她拎起,看向她身下那摊水中的一抹红,笑着告诉她,你已经是一个女人了。

周女士。陈先生温柔地唤她。多佛白崖的海风就是这样,来之前我们一起查过的。我们回去吧。

她尖叫,眼泪同浪一样稀里哗啦。她欲揪陈先生的头发，忘了已是寸头，抓了个空，遂在陈先生左心右肺上又捶又打。你骗我！你骗我！

我骗你什么了？陈先生平静地说。

你是不是背着我看过海？你要真是第一次看海，怎会一点反应都没有？

我就是这个反应。海也是水，河也是水，没有什么不一样。陈先生说。

我盼海盼了那么久——我盼海盼了多久，你知道吗！你知道！

从那一刻，周小姐决定跟踪陈先生。

周小姐不是第一次怀疑陈先生心属他人了。陈先生好像并不需要她。

这个想法在他们初见时就在周小姐常常下着梅雨的心里埋着了，此后的每一天，她都不断往陈先生处索求"需要她"的感觉，或者幻觉。在她来英国读博的这两三年内，它们像夏末时分她家乡老树下的淤泥塘里，浮起的大大小小的水泡。而每一次沉静文雅的陈先生，便在此刻变成四条腿利刺刺的水黾，挨个把水泡踩破。周小姐来英国的第一个圣诞，是以被陈先生捡起来在一帮昂撒人的猫叫中送回自己的学生公寓作结的。和她一个系的各国同学都知道,这位从中国来的周小姐,肤如淡拉格酒,发色如烈红毛丹,眼睛同大英博物馆里的黑陶一般颜色,性情开朗,像十五岁的女孩,花来怜,猫来爱,人来疯。她着一身红得叫人频回头的旗袍去圣诞派对,问即答:我家三九的梅花就是这个色,我们那儿冬季分为九个九,第三个九天最冷。爱尔兰人一点不信,凯尔特人将信将疑:你们那儿的冬天有这里的冬天长?没听见她再答,却见她那因旗袍的勾勒而更易断的细腰,从干冰升起的地方消失,在一堆 cheer 声中出现,穿过一个黑人男生和一个白人女生渐近的唇间,飘过被爵士灌醉的一排酒瓶,刮翻骰子筒,旋走爆米花,最终在酒吧门口咔嚓折下。要是抬头便能看到发光的圣诞树,然而她正淋淋漓漓吐一地。

  周小姐已分不清远近,总之有一个声音盖过寒风中圣诞树上风铃的笑声,让她努力把头抬起,不知是神智复了几分还是醉得更深。"恭喜你少年得志名扬天下,状元及第谁不夸。"一声只有江南水乡的人才能唱出的曲传来,一婉九转,转转含情。她看到十八岁的她当全市状元,银鞍白马,帽插红花,家乡乌瓦青巷踏了又踏,十里乡邻脸上有早霞。如今怎……"如今是美满姻缘天作伐,这真是锦上又添花。万岁传旨招驸马，看中你文才出众相貌不差。金枝玉叶许配你，从此你出入在帝王家……"

周小姐这才看清自己两只手已经搭在那人的双肩上。

你是什么人，敢唱我安徽安庆的戏。

那人高而瘦弱，身穿白色西装，肩宽如横木，因此西装中下部空空，周小姐两手一摸得一吓，以为此人没有双臂；翘鼻薄唇，脸色苍白如那日的雪。

我姓陈，没曾想这里唱黄梅戏遇到懂戏人。女士您贵姓？可会唱一两句？

我姓周。周小姐盯着眼前这位长发陈先生的眼，那人没有看她。我不会唱，我母亲会唱。我的母亲是三九天里腊月初八生人。这剧本我熟，《女驸马》，名篇。我母亲也曾与她的李郎恩爱重，发誓生生死死不离分。陈先生既唱这么好，为什么不问听众要钱？

我不乞讨。

这不是乞讨，这大路上哪个路边站的人不问要钱，摇滚要得，布鲁斯要得，波希米亚女人的水晶球要得，为何黄梅戏要不得？

是我要不得。

那天之后的周小姐在和世界各地的人聊天中又加了一

个新项目：介绍黄梅戏《女驸马》，因她总是不厌其烦地和人谈起她和陈先生的初见。她说，一女冯素珍为救丈夫以丈夫之名参加科考，企图求得功名替夫赎罪，结果中状元被公主点为驸马，成婚之日暴露。公主亦是通情达理之人，便请父皇赦冯素珍的欺君之罪与其原配丈夫的欲加之罪。结局是冯女与原夫成婚，而公主在老臣的做媒下，与已是八府巡按的冯兄成婚。

周小姐自是喜欢这结局的，她说她一向没有经历过大团圆，听听戏文中的皆大欢喜，也好。然而那日她捧着陈先生的脸这样说时，陈先生说：当驸马的自然开心，公主的心思有谁懂呢？父皇一句"不愿意？"她就说愿意了。

然后，陈先生看着周小姐的眼睛说：

我若是公主，就一个人寻一间房住。

次日周小姐便搬去与陈先生同住。说自己没有经历过大团圆的周小姐很奇怪，既喜欢去圣诞派对及其他人多的场合，却在一个月后的除夕前一天极其抵触过年。陈先生问她过年想吃什么，两个人的年夜饭，自然是要让两个人都开心。陈先生说自己没有特别的要求，做一顿年夜饭，全为你开心。周小姐嘟着嘴说不要，我不过年。为什么呢？因为我所有关于过年的记忆都不好，过年有很多人，人一多就有矛盾。现在已经不是过去了，周女士。不，我好不了。周小姐说着搂住了陈先生的脖子。陈先生说，我备好了极好的法国红酒，除夕那天喝一杯吧。不！要喝也是喝中国酒！

说完这句话的周小姐就出门去唐人街买了一大堆年货，红鱼干鸡烧鸭，彩糖大饼糍粑，福字福灯福娃门上挂。买年货是年货，但是我不过年哦。周女士挂灯笼时转头对陈先生说，脚下一滑，跌进陈先生怀里。

我常常觉得你给了我故土的感觉。我十一岁就离开安庆了。我很喜欢家乡的除夕，满城烟火齐放，我能听到那座小城的心跳。小时候的愿望是看海。陈，我已经看了很大的世界，可我直到现在还没有去看海。一个人看海还是太孤单了，有一天你陪我去看好吗？陈，你不要离开我。她把耳朵贴着陈先生的左胸。

突然，她跳起来，边哭边喊：你不要离开我，我不要你离开我！

陈先生说，我不离开你。

不行！我不信！

她从购物袋里掏出两根红绳，分别系在两人的左手上。她指着陈先生的鼻子。

举起你的左手，对我宣誓，永远效忠于我。

陈先生不知从哪一天开始神出鬼没。他从不在外面过夜，然而回复消息不及时，回来也是一天比一天晚，有时做了饭，趁周小姐在洗澡、如厕或是仅仅去房间里找一下东西，就出门了。任凭她怎么暴跳如雷，他总是展现出那温柔的呆呆的一面。我在课题组。我出去散步了。我没在干嘛，事情就是这个样子的。

周小姐第一次跟踪利用了 Apple Pencil，把它塞进陈先生的棉衣内胆中，利用苹果手机的跟踪功能。走出家门的那一刻，她感到天旋地转。陈先生说过或是没说过的话全在她耳边嗡嗡作响。

我的妈妈是海女。我要去海的那边，找一座灯塔，妈妈在那下面等我。妈妈和我说，水里有成群的无色的鱼、水母和海蜇，还有海草，像溺水而死的女人的头发。花轿走过山伯墓，英台哭得天地惊。坟墓裂开英台进，彩蝶双飞共死生。我从哪里来？我不知道。我父母早就不在了。我也没有见过海，听妈妈说过。妈妈在海的那边，在一座灯塔下，我梦过。

她神志恍惚地跟到了 Pencil 最后出现的地点，是她常去的唐人街。她蓦然想起她曾在这里挽着陈先生的手说：其实你知道吗？我是一个很传统的女人。我挺想结婚的。

为什么想结婚？

因为结婚意味着一个家。我想做陈太太。

陈先生说，你是周女士。她便黑着脸，揪着陈先生的长发拖回家去，看到了陈先生不知何时挂在架子上蓝色的领带，从上到下蓝色依次变深，最末端是一只蓝黑色的鲸鱼。她那晚简直要发了狂，非说这种领带你怎么能戴，非说这么鲜艳的领带定是女人送的，尖叫着把它烧掉了。她哭着说，你明天把头发给我推掉，你这种头发跟我回家你会被骂死的。你要我如何赦免你的罪。陈先生抽搐着嘴角，压着嗓子说：

其实你根本不了解你的家乡。你根本不了解你爱的一切。

她望着发臭的阴沟里躺着的 Pencil。

她努力让自己保持冷静。她在今年的圣诞节送给陈先生一对 AirPods，作为第二次跟踪的工具。陈先生竟然在圣诞夜出门了。这让她想起他们在初见之后就再也没有过圣诞节，是自己以外面天冷的理由近乎把陈先生锁在自己身边一天又一天。她怕极了陈先生与别的女人幽会，于是也戒断了自己作为一个派对动物的欲望。第二个圣诞节陈先生满面微笑地说，今晚有个派对，我们一起去吧，你一定会喜欢的。她骤然盛怒，偏说他醉翁之意不在酒，最后甩了一句：今年我要过年，从此以后我都要过年。这回她在一家麻将馆的垃圾桶找到 AirPods，里面全是上了年纪的中国人，讲中文，放眼望去，全长着她熟悉又陌生的脸，明明那么丑陋，却偏偏是母亲爱的模样。可是没有一张是她爱的陈先生的脸。她想起搬进陈先生的公寓那天，她念的唱词是：龙凤花烛耀眼明，洞房今夜喜气盈。暗将驸马来观看，果然翩翩美郎君。她怒气冲冲地掀开麻将馆的窗帘，却好像看到了一片海。她看到了海。海那边是灯塔，陈先生站在灯塔下，久久仰着头。陈先生说，哪吒闹海，抽了别人孩子的筋，扒了别人孩子的皮，所以也落得个割肉还父剔骨还母的结局。俄狄浦斯不会这样。我却和他们都不一样，我也不应该被烧死在喀泰戎山顶上。我是生是死不凭神祇。

周小姐捻起 AirPods。陈，你好狠的心。

第三次是 Apple Watch，陈先生把它放在城北的火车站。她从未去过那里，一走到站口她就落泪了。这个车站太像她第一次离开家乡的那个车站。那时还是绿皮火车，车身长啊长。陈先生说过，看海最好是坐这种车，可以感到自己一寸一寸离开土地，又一寸一寸闻到海风。

最后一次，她给陈先生买了最新的苹果手机，令其必须换掉旧手机。你说过你效忠我的。陈先生照做了。陈，丢掉这部手机我会起诉你的。

陈先生在极其平常的一天走出家门。伦敦照常下雨，鸽子照常不怕人，街边的行为艺术者照常打把伞创作艺术，有一个人在路桩上站着，像一只海雕在岩石高处站着，微微张着翅膀感受海风，又像爱自言自语的海边老人，对大海一遍又一遍说，我的大马丁鱼被鲨鱼吃掉了，等等。

自己的手机显示那部手机一直在移动。

周小姐赶到唐人街时，手机已经到麻将馆了。唐人街所有的人都是黄皮肤黑眼睛，说着标准普通话，带各地口音的普通话，粤语，台湾腔，那听不懂的是闽南话吗？

周小姐赶到麻将馆时，手机已经到北边的火车站了。

【自由叙事篇】

麻将馆所有的人都长着同一张脸，满是苍老的横肉，见周小姐闯入，均拿着腔调唱同一句词：京中为官数十载，万岁驾前做宠臣。三次皇考我主试，多少官员是我门生。

周小姐赶到北边火车站时，手机已经登上了一辆火车，前往北边她从未听过的小镇。她也连忙买了一张票。在车上，她的心收得紧紧的。外面是瓢泼大雨，雨中有天柱山，振风塔；那棵树长得好像老家的老树；那里有几座墓，住着的是张廷玉还是陈独秀。耳边风声大作，花腔、彩腔、主调她分不清；眼前人群贴窗，正旦、正生、小旦如过场戏……

在一间只有五平米的房间，周小姐找到了熟睡的陈先生。陈先生的寸头像刺猬一样倒竖，躺在一张极窄的床上，双腿耷拉在地。

周小姐掀开帘，窗外一片海。

陈蕙
四川大学文学与新闻学院　2020级本科生

白色鸦片[1]

陈薇竹

有一条野雪道,位于中国新疆阿勒泰布尔津禾木吉克普林滑雪区,全长五十多公里,可以从阿尔泰山脉西侧峰顶一路滑至哈萨克斯坦。

野雪,自然雪,非积压雪道,轻软,细绵,漫山遍野,梦一样漂悬在每一个滑雪狂热爱好者呵出的热气里,袅娜上浮。无差别地遮住树枝,岩石,陡坡,断崖,被惊醒时遮住天上的瞳仁。无法预料,所以接近天堂。

他们站在山顶,遥望。雪猫,唯一能在景区规划外的雪山上运作的交通工具,早在最后一个可供四驱轮转向的山间平台回程,从雪辙最后一个闭合弯他们一路攀登,至此。一名青年,一位富豪,一对夫妻,外加一人,曾创下

---

[1] 由于滑雪容易上瘾,此为雪友对滑雪的戏称。

【自由叙事篇】

单天13趟阿勒泰野雪滑行纪录①的五人队伍，每个人都如同俯身摸雪②一般，一次次让死亡从手套末端流过，顺滑，绝对自信的安稳。

"终于来了。"

富豪嗓音嘶哑，汇入电流滋呀③。

"还以为要让咱出发，原来就一句感叹——我差点一头冲下去。"

"少说点吧，不耗电的？"

"好不容易到这儿，这么惜字如金干嘛？我包里还有三管备用电池呢。"

"——我带了六管。"

对讲机空响一阵，即使面部被雪镜与护脸完全覆盖，大家也知道彼此是无言地笑了。

"那就走吧。"

霜从岩石一般的沉默表面凝结，这句话从蜂窝孔自然浮现。

---

① 滑雪按照上山－下山为一趟，由于滑降迅速并且一般会避免选择过长的雪道以防体力不支时无法回程，一般一天能上下多趟。
② 中高阶滑雪特技之一，多见于单板。
③ 高山滑雪主要通过对讲机交流。

"好。滑行顺序和上次一样?"

"没问题。我比着三维地形图记牢雪道了①。"

"瞧瞧,小唐办事,就是让人安心。"

"你这话我咋听着这么膈应呢。"

"你闭嘴就是了。"

"那这次赌点什么?"

"我们这一趟会死几个人。"

大家深深地吃了一惊。滑到山脚的耗时、一路上会不会摔跤、最高时速能达到多少之类的预设问题连同装盛它们的盘子一起摔在冰面,割破舌头。

"……呸呸呸,什么死不死的,说这种丧气话!"

"哈哈哈哈,这脑子都冻得不清醒了,你说是不?"

"人家可能是提醒我们注意安全,少得意忘形——比如你。咱们这一趟的危险程度可不亚于攀登珠峰。"

"你说的危险包括非法越境被捕吗?"

大家又愉快地笑了起来。

"那我就赌我们所有人平安滑到山脚!"

"你还知道说点好话。"

---

① 滑野雪最好通过卫星地图等工具提前规划雪道。

【自由叙事篇】

"大家进城的车和接风的酒店我都安排好了,谁不来可就食宿自理了哈。"

"OK,那就收拾收拾——"

"准备上路。"

滑野雪不同于道内,如非求死,至少有四点要求。第一,技术过硬;第二,装备齐全;第三,结伴而行;第四,不可超车。

打头的是那位青年。

他的父母原本盼望一个女孩,母亲爱其心明,父亲爱其眉顺。羊水破时极多,一名俊美男婴随涨水流出,笑容丰盈。一如预料地顽劣非凡,其他孩子还在从降下吗哪①的天际区分亲人的轮廓,他已几被放弃。可小姨爱他,总能在这一最小共产主义单位解体之际将其引渡自家,无由无度,近乎救济。终于,一次打破了同学的头,同学父母等在ICU外,他等在校长办公室外,并在来人前及时翻下窗缘。他惹我朋友。别说了,去收拾东西。哪个学校还会要你?带他去看看吧。小姨说。父母愠面从命,结果如

---

① 《圣经》中上帝赐予的天降食物。

获大赦：原来是 ADHD，注意缺陷与多动障碍。带他去滑雪吧，运动疗法①。小姨接着说。那一日，他受召，脱下脏瘪球鞋，在室内雪场的人造光下走近前去。翌日，再出家门，他已做好踏入那片白色荒漠、永不脱身的一切准备。

2月初，厚雪适才覆盖山岩，尚未固结为冰，新软如婴儿绒毛，天使一般安睡针尖。烈风中白海分开，从他的板头漫开一条雪道——于青年而言，这只在于他是否相信自己欲领众人去，而非追兵。

隔着雪鞋、固定器与轻坚如船的雪板，对雪下暗礁的敏感仍从寒毛直入其心。与童话公主不同，满地残忍豌豆，他只是和层叠的羽绒垫一起沉默，凭陡坡小回转②斡旋其间。偶不慎小飞包③，短暂失重中，自由借其谨慎的罅隙溜过。

接触滑雪后，他出乎意料地收敛下来，像阳光下的雪。自负咬着牙在大山外的大山面前伏身，背起一块块配

---

① 通过运动消耗ADHD患者的精力，并借由高强度、强目的性、易进入心流状态的运动帮助其集中注意力。
② 单板滑野雪主要使用的高阶转弯方式。
③ 借助小山包滑出，短暂离地滞空。

【自由叙事篇】

重的抱负。第一天在山顶站起时他还会趔趄,在山脚停下前他已能跟着高他两个头的成人换刃①。然后是刻滑,公园,平花,野雪②,他一直立于板上,板头不骄不躁地抹过道上凹凸不平的小冰球。17岁,年龄禁止他的姓名印上教练资格证,职业训练霸占他的时间,都限制不了他遗在肠底的精力还能换得高额报酬与仰慕。他知道自己长得不坏;他不在乎。

所以那天他很不理解。原本和一个雪友约好滑黑道③,他在缆车④旁多等了十多分钟换了两次拿板姿势拒绝了路过者三次同滑邀请发了五条催促消息,最后独自坐进吊厢。山脚高级道和初级道汇合处,他瞥见那个雪友横在道旁,雪板撂在一边,哭叫着你杀了我吧你不如把我杀了。另有一人跪在下坡一米处,雪板稳当地横卡身前。定睛一看,那个雪友的固定器断了。他想起雪友才兴奋地说

---

① 单板滑手从初阶向中阶进阶的标志,单板滑雪主要滑行方式。
② 刻滑、公园、平花、野雪均为单板滑雪进阶的不同玩法,为平行关系。
③ 高级雪道,坡度超过40%,较窄,可能不压雪,会有滑过后留下的各种沟槽。
④ 在雪场滑雪时到达山顶的主流工具。

277

过换了新装备。被这鱼雷①撞的？真可怜。但如果是我，早揪着那人去雪具商店索赔了。他想着，滑走了。

滑在青年后面的是富豪。

富豪认为自己无事可说。事实确实如此。家庭小康，成绩优异，成就突出，人脉广泛，自动化专业出身，对口创业，并顺利冲上政策补贴的浪尖。"创业所需的热情、坚韧、智商甚至情商都聚全在滑雪""滑雪的尽头是创业"之类的话他自然一笑而过，笑里泛起被取悦的自觉。他的公司并未广及公众视野，但平顺少簸，一如他第一次滑雪时操纵双板犁式转弯、刹车，稳稳避过那些突然撞进地面的单板学徒②。他并非天赋之人，习得技能从未先于课程安排，这不影响他与小自己十多岁而做着 ollie③ 超过自己的青年才俊们毫无芥蒂地谈笑风生。这些年轻人，眼里扑朔着不定的火光，等待一场大雪来证明自己能烧过整个冬天。如果没能，就任由柴烬和着雪水从人们的鞋底流走。

---

① 技术不够就直板放速，以至于难以控制雪板容易撞到他人造成危险的愣头青单板滑雪初学者。
② 一般而言，单板入门难，进阶快；双板反之。但仍有很多时间精力并不充裕的初学者认为单板看起来更帅而选择学习单板。
③ 单板平花动作之一，利用板尾的弹力蓄力，然后向上跃起。

他不一样，他进退的余度足以包下一片又一片的雪山，冬天固然适合滑雪，但还可以春天踏青、夏天露营、秋天采摘，全方位开发，一条龙服务。

更何况，他现在身处有野雪界珠峰之称的禾木雪道。狂风会撕碎"有钱消遣"的窃窃私语。

一路上反拧转向①的雪辙愈发频繁，得益于双板转向的天然优势，富豪还能应付——并惊喜起来。扭转摩擦中美利奴羊毛从脚踝开始燃烧，热汗弥开汽油的苯味。雪，雪，雪，碎石，冰凌，暗槽，陡坡，不住的颠簸，再来，再来！规划、预测、风险控制，发于本能地撕咬直冲深渊的偾张血肉，向生存的高峰拖拽。舒适无聊的独居套房，虚与委蛇的互相打量，可望而不可即的拢合圈层，此刻都服从于日晕中央的绝对统摄——高山日光雪镜透光率只有12%，但他已目眩神迷。每一寸尖叫的欲望滚刀肉一般顺着山脊滑下，神经震悚，他欲绝倒。

大家都是为此而来。他信任这个信念甚于语言，如同相信世上其他类己生物就是人类。这支队伍里他惯常着周

---

① 单板陡坡小回转中一种不稳定但响应迅速的转向方式，与稳定但不够快的顺转相对。

全，不露痕迹地总揽，满意于他们的补偿机制私自流出不屑或忿嫉，并作为回报地超然事外，隔岸观火。偶尔猝失与世界的联结时，他就回到这支队伍，一路滑到道外的小树林里，毫无安全意识地要求一个人待着，听雪——

但那位丈夫总极富责任地强硬要求陪他一起。

那位丈夫滑在第四个。大学教授，雷达方向，涉嫌泄密，所以保密。他的妻子同样是大学教授，英语系，但他以为更近于不必负责的补习班老师。记得那时他远渡重洋，乡下口音，怯懦而自负，只有抱着公派留学生的名头不撒手——"How can I help you?"她在新生报到处标准地微笑。同样的亚洲面孔，相反的城乡姿态，湍急人流中他无法抵抗的吊桥效应。之后的事不必多说，他发奋并合理温柔，她娇矜且适当低婉。回国的飞机上，阳光遍洒云海，他低头注视左臂弯里熟睡的未婚妻，相信自己已经飞越了风雨无端的对流层。

国内的科研压力出乎他的预期。无止境的计划书，报表，竞赛，领导的雄心壮志，还有学生们媚惧参半伸来的手。夜不归宿从例外演化为常态，烟酒像恶疾传染了他，妻子最初是惊悸与心疼，后来学会了在他的烟灰落地之前移开自己的鞋。很难说滑雪怎么就乘虚而入，也许是那一次团建他以从未有过的狼狈摔入雪坑却放声大笑时。

他把滑雪像斩首巨龙后收获的宝物一样小心带回，二人如湿柴被烤干，一擦即燃。他们从双板学到单板，双板便于在没有速度的平坡并排缓步行走，而单板利于教练抱着学员的腰手把手教授。蜜月蜜日蜜星星，他们用英语交换情话，在每一种自然或人造电磁波下跳雪地华尔兹。

于是他们顺利地落败在职称评比之中，但直到一次更换装备时店员提示银行卡余额不足，问题的严重性才从融化的欢愉下被发现。他们重复刚回国的情节，互相指责，道歉发誓，翌日一早就不见人影，或者一晚。分居很快成为妥协的共识——自此，丈夫在雪友圈广结人脉，收集各路人情价装备雪票酒店交通信息，偶与名人交游，抬出更高身价；妻子自学心理咨询与生涯规划，同时盯着股票的涨跌来维持自己在雪具店不问价格的习惯。

知道你们关系不好……可真的不管管你老婆吗？小酒馆里，富豪问他。嗯？他已半醉。我上次滑小树林遇着她了，倒栽在树井里，看起来快死了。嗯。他酌了一口，补一句，谁让她一个人滑野雪。不是一个人，我正准备去帮她，有人刷地窜下坡，给她抱了出来——咱们都认识。

……是小唐。

我就知道你知道。……夫妻之间，外人不好插嘴，我也不讨人嫌了。哎，你今天滑小树林怎样啊？

……我跟在他们后面滑的。我看到她恢复呼吸后一下子抱住了他，他猛地推开。

青年、丈夫、妻子一一问过，最后，富豪就这趟野雪滑行约剩下那人吃饭时，同行的女孩在桌下揪着那人的手，如坠崖。那人还没开口，女孩先问，你们要去滑禾木雪道？

都到我们这水平了，够玩的地方不多。那条雪道每年都有人滑。

每年都有人死。女孩声音颤抖。

这就是乐趣所在。那人突然开口，含笑。

女孩面色惨白，揪人的手狠狠下拽。

我求求你们不要去。

为什么？其实最陡的就顶端往下四分之一，只比黑道难一点。

那我求求你不要去，让他们四个去吧。

你在担心我吗？

我当然在担心你！为什么要问这种混账话？

至少死在雪山上很带劲儿。比跳楼被人围观强多了。如果不是你笨到根本教不会只他妈的给老子带来霉运，我真愿意带你一起死在那儿。

女孩如受重击。

这事儿确实很危险，你们还是认真考虑一下。富豪赶紧打圆场。

我占卜过了，你将在雪山上有刀剑之伤。女孩开口，却是些神叨叨的话。

我们甚至不会带刀剑。

和我去南方吧，避祸二十一天！女孩突然锢住那人的腰。

再过21天，雪季都结束了。

或者我现在离开你。

你他妈威胁老子？

我不敢告诉你……我不想告诉你。女孩在哭，我算到你的刀剑之伤是我带来的。远离我，你平安无虞。

你要是敢动什么邪门念头，我发现了立马去坐吊椅①，到山顶前掰开扶手跳下去。

不要去……你要我现在跪下来求你吗？

你本来就毫无自尊，你的自贬对我毫无意义。

那人转向富豪，说吧，什么时候？

那人是除了青年以外滑得最好的。可以说，没有进国家队，只是因为那人接触滑雪太晚。所以青年打头，那人殿后。

那人的生活态度和滑雪方式一样无所谓到吓人。从新手到老手，滑雪最需克服的难题就是恐惧速度。恐惧速度，所以会重心后躲，四肢僵直，不合时宜地顶胯屈身。而那人如同缺乏本能，滑雪只有两个状态，放速和急刹。别人还在平地练习起跳，那人直接上跳台转体。并非不摔，那人仅仅按照修理机器的方法修理身体。无视雪场礼仪，所以大部分人恨那人，少部分人爱。以其水平，做教练原应能够应付生活，可惜说不出身上功夫，收入主要来源于比赛。疯子。这是统一的评价。还好，那人极少真的撞人。可能是唯一的一次事故，那人一个月没有滑雪，目

---

① 雪场中缆车以外到达山顶的工具。

击者说那人须发皆全，却一直在市医院徘徊。

再然后，女孩就出现了。

我想到刀剑之伤会怎么发生了。

启程前一天，青年与那人的聊天框闪动。

怎么？青年并不那么关心。

刀剑——我们的板刃就足够锋利。

嗯。那我们要互相残杀吗？

这就难说。我听说极端恶劣的环境中，可能发生集体疯癫。

哦。

手机屏幕暗下去。

青年是少有的知道那人其实颇风趣健谈的人。至少比起自己。

现在是几时了？

雪，雪，雪，碎石冰凌暗槽陡坡，风无差地狂烈像岩石倒退演化——冲不破的时空风暴。坡度陡缓逐渐含混，视线失焦，也许我们正从天涯自由落体。太阳正在降下，雪墙正在崩溃，白浪即将拍击您的选民。您会让我们通过吗？

"在这里扎营。"

"收到。"

安营，众人沉默。帐篷轻便，并不温暖。

"我一路上突然想起很多事。"

"我也是。"

沉默。

"我们下来之前好像赌的是会死几个人。"

"是的。我太好奇我的刀剑之伤了。"

"你这么信命？"

"我只是好奇。"

沉默。

"而且我给了和我打赌的人很高的赔率呢。"

"你想赢？"

"想。"

"我帮你赢。"

"我甚至没告诉你我押哪边。"

"那就告诉我。"

"我甚至没告诉你我赌什么。"

"那就告诉我。"

"谁赌输,谁丢一件装备。"

"这应该是我们下山再玩的游戏!"

"现在玩。"

沉默。

丈夫站起来,对着妻子。

"我赌你喜欢小唐。"

妻子站起来。

"那你输了。"

丈夫摘下雪帽,拉开帐篷拉链,在眉毛结霜前扔出去,迅速拉上。

"疯了?玩真的?!快去捡回来!等会儿雪盖上就真找不到了!"

"你刚才说的当真?"

"当真。"

"你们发什么神经?"

"倒是你。为什么扔了才确认真伪?"

"太俗套了,"那人打断,"这种夫妻连续剧。要玩玩点大的。"

"你说。"

"你们……这帐篷是我的,我现在要把你们都赶出去,在雪里冷静一下再回来!"

"那就更好玩了。"那人起身向外。

"站住!……算了,你给老子出去,他妈的别回来!"

"小唐。"那人出帐篷之前突然回身。

"嗯?"

"我赌你甚至没拿到今年冬奥会资格。"

"嘭嗤"一声,那人在拉开拉链之前被一拳搋在帐篷门上,整个帐篷剧烈变形。

"出去!出去!你们都他妈出去!"

"……我赌你今晚第一个死。"青年青筋暴起。

"哈哈,那你想想先丢哪一件装备吧。我劝你先把多的三管电池丢了。"

富豪一把拉开拉链,冷风灌入,众人如溺水。谁说的话都听不清了。

妻子平静地望着这一切,似乎对着丈夫喃喃了什么,突然起身摘下手套,第一个向外走去。

丈夫大喊着什么,踩过堵在门口的三人冲上去抱住妻子的腿,二人一起绊倒在帐篷门口,帐篷几欲倾倒。

富翁似乎尖叫起来,向着帐篷外面狠踹在地上扭打的青年与那人。狂风里他重心不稳，一头栽了出去。

他趴在雪里，好半晌才抬起头，愣了愣神，随后涨红着脸仿佛咒骂什么，每咒骂一句，就疯扯掉一件衣物。最先是发丝，睫毛，脸颊，然后是手背，手臂，一直到腋下，结晶。

丈夫与妻子互相搀扶着站起，向漆黑的雪原走去，拥吻。他们一件件打开对方，推进到最亲密的姿势时，不再移动。

青年与那人气喘吁吁。衣服穿得牢实，其实谁都打不动谁。

"我赌我能拿到金牌。"

青年拉开雪服拉链。

"我赌我能成为下一个凯尔·斯麦恩。"

青年脱下保暖衣。

"接下来，我会一直打赌。就不说话了，冷。"

青年一边脱，一边向雪原后退。大雪，没有月亮。

"那我该赌点什么？"

"我赌我把自己押注给滑雪他妈的合适无比，正确无比，它不同于其他任何一种选择。"

"我赌我还了小唐的钱和从富翁那儿顺的护具,而且我记得富翁的名字。"

"我赌我的生活还他妈的有盼头,就算我这趟滑下去。"

"我赌我现在还翻得出来最初丢掉的雪帽。"

"我赌他们所有人都会活着回来,第二天大家整装,一起下山。"

"我赌我从来他妈的没有后悔因为一点玩心闹到这步。"

"我赌她早就放弃我了。"

那人脱到这里时顿了一下。

"我赌没有人猜到我赌的也是一个人都不会死。"

"我赌我他妈的脑子好用得很,没有坏掉。"

"我赌……"

回过神来,已浑身赤裸。

"我赌我还有一件衣服可以脱。"

关节打颤,那人跪着爬过去,试图拿起自己的单板。

若有一声叹息拂过。

那人晕厥前看见女孩从帐篷门后走进,轻轻把自己手里的单板放回地面。

【自由叙事篇】

并俯身抱住了自己。

山毕竟一直在那儿。几个偷约着挑战禾木雪道的湖南省省队队员滑过最陡峭的一段后,在一个平坡略作修整,却发现一个未收扎的营地。时值中午,按理正是最佳的赶路时机。一胆大者心感不妙,走近查看。踩到什么,低头。然后尖叫。

四周总共发现四具尸体,两男两女,赤裸程度从半身到全身不等。奇怪的在于有五副雪板。

"上帝选择了一个人赦免,让天使把那人带走了。"一个人害怕到开始讲笑话。

"都让你平时少看点书了。"另一个人拍了他的脑袋一下。

陈薇竹

四川大学文学与新闻学院 2021 级本科生

杀鸡

戴鑫雨

一

月亮在天上发冷冷的光。

二丫匆匆穿过狭小的巷子,朝巷子尽头的红光处走去。

店里大堂空荡荡,门头的红光打在模特的照片上,活像眼里发红光的妖怪。转灯兀自转着,像命不久矣的哮喘病人在做最后的呼吸。

通向洗头房和按摩房的门还是关着的。二丫推了推门,推不开。她轻轻地回到前台,打开带来的饭盒。饭盒里装着鸡汤饺子,汤上浮着一层油,黄灿灿,下面的饺子散发出诱人的香气。

是韭菜猪肉馅儿的。二丫把头低到不锈钢饭盒的顶上,狠狠嗅了嗅。但是要等妈妈一起吃。二丫盖上了不太

【自由叙事篇】

平整的盖子，看着四周发呆。

　　这是一间破旧的、狭小的发廊。照片里摩登女郎的金色卷发垂到胸口，打卷的地方发着油光。被贴在墙上的美女们望着两个剪发的位子，椅子外劣质的人造皮革早就坏了，露出里面发霉的黄色海绵。

　　椅子坐上去还是软的。二丫平时没事的时候在店里和自己玩，坐到大椅子里，右边转两圈，左边转两圈。起初，发油发膏的油腻味会让她发晕，但是二丫不讨厌，因为这些都比鸡骚味和猪圈味好闻好多，而且妈妈身上也有这样的味道。

　　今天是大年初二，二丫本来和妈妈在家里过年。大年三十熬的鸡汤还没喝完，妈妈包了韭菜饺子吃。但是傍晚的时候，妈妈被老板娘喊走了——这家发廊的老板娘。

　　店里有客人要洗头按摩剪头，莎莎姐姐和莉莉姐姐都回老家了。妈妈和二丫解释。五六点钟的天已经快黑了，妈妈让二丫自己吃饭，别等她。二丫没说话，帮妈妈拍了拍衣角上的几颗土粒子。妈妈低头亲一口二丫的脸颊，二丫闻到了妈妈身上的香味。

妈妈还没出来。

二丫望着那扇门，又转头望残破不齐的美女相片。都没有妈妈好看。二丫想。店里有两个姐姐和妈妈，还有老板娘。莎莎姐姐和丽丽姐姐比妈妈小，但是没妈妈好看。二丫没有见过比妈妈更好看的姐姐，在村里的时候也是这样。

按摩房的门平常都开着，老板娘说要"通风"。二丫有一次玩累了，去按摩房里的大沙发睡觉。她睡得浅，被莎莎姐姐的声音吵醒了。莎莎姐姐和来按摩的客人说，"她睡着了。"

她听见了按摩的声音，女人的声音，按摩椅摇动的声音。她意识到自己不应该动，她是懂事的小孩。

莎莎姐姐打开紧闭的门，客人去外边理发了。二丫过了一会儿也出去了。莎莎姐姐看见二丫出来，说她听见里面养的鱼扑通扑通在打水，问二丫睡得怎么样。二丫说，睡得很好。

二

二丫坐在大转椅里，冷风吹得红光发颤。门开了，吱吱呀呀，二丫转头看到了妈妈。

妈妈身后的客人径直走到了门外，没多注意小店里的女孩儿。妈妈看到了桌上的饭盒和二丫，对二丫说，等妈妈收拾一下店，我们就回家。

二丫和妈妈喝了鸡汤，早早睡下。大年初二的小县城里哪有人出来。

妈妈租的房子很小，只放得下一张小床和一个小桌子，没有窗户，妈妈把房间打扫得很干净。她睡在里面，靠墙。门很旧，风从门缝里呼啦呼啦钻进来，钻不进来的风在摇门，呼啦呼啦。

二丫喝了鸡汤，胃里很暖和，热气顺着胃往上走，偏偏不往下。二丫的脚冰凉，被妈妈压在腿中间。

她想到了妈妈去路边摊上买的那只鸡。年三十的鸡是二丫和妈妈一起去买的，现杀。白刀子下去红刀子出，哗哗。鸡发出让人毛骨悚然的叫声，青白的鸡眼瞪着。一会儿，声音小了，鸡毛不乱飞了。

摊主拿一盆开水从鸡头浇下去，哗哗。青白的鸡眼睁着，愣愣的，看着地上热乎的鸡血。

哗哗。

鸡汤的热气在脑袋里乱窜，二丫在床上冷得发抖。

三

二丫听见了妈妈喊她的声音,她睁开眼,看见妈妈背对着她,正在穿鞋。她开口喊,"妈妈。"

妈妈转身,摸了摸二丫的脑袋。妈妈的手也很香。妈妈把她床头的小狗娃娃递给她,告诉她,妈妈去倒点开水,马上就回来。

二丫点点头。

小狗娃娃是她第一个也是唯一的玩具,是妈妈从外面带回来给她的。带回来的时候小狗肚子破了,雪白的棉絮跑了出来,一长条化纤棉拖在外面,沾了脏东西。妈妈把棉花剪了,往里面塞了其他的布料,又把小狗破了的肚子缝上。洗干净后的小狗很可爱,摸着很舒服,二丫把它放在床头,每次抱着它就像抱着妈妈。

二丫晚上睡得不好,妈妈晚上就让二丫枕在自己胳膊上睡。有一夜二丫睁眼,发现妈妈不在身边。她一个人缩在被子里,周围是伸手不见五指的黑。小狗娃娃呢?她赶紧伸手摸索着,摸到了娃娃就把它抱在怀里。妈妈会回来的。那晚,二丫睁着眼睛,抱着娃娃。

门缝里的黑淡去一点的时候,二丫听见了高跟鞋的声音。是妈妈。二丫想。

二丫把娃娃放了回去，闭上眼睛。她听见了开门声，细碎的脱衣服的声音，然后闻到了妈妈的香味。二丫松开蜷了一夜的腿，沉沉睡去。

二丫之所以叫二丫是因为她还有个哥哥。哥哥和她都像妈妈，都是村里的漂亮小孩。

二丫不喜欢妈妈给她买东西。上一次妈妈给她和哥哥一人一块钱，让他们自己去村门口的小店买吃的。然后妈妈再没有出现，爸爸给他们转了学。

她别想找到你们。爸爸喝了酒，把酒瓶砸碎在地上。去他妈的臭婊子。

二丫总是梦见自己站在凳子上往村口张望的日子。那几天她想着，要告诉妈妈自己的新发现，站在凳子上看得更远了。

"妈妈别走。"二丫说。

"妈妈不走，妈妈不走。明天就带二丫上医院去。"二丫恍惚中听见妈妈的声音。

四

张家娶了漂亮媳妇。结婚的时候整个村的男人女人都来张家看,看新娘子的大眼睛长头发,新媳妇的腰比屁股细。村里的人都说张家大儿子对媳妇好哇。

所以妈妈走掉之后,村里人都说,老张你看开点,女人掉钱眼里啦没心肠。爸爸喜欢到亲戚家吃饭喝酒,喝了酒说她妈去县里当鸡啦,不要小孩啦。

亲戚家的大妈大婶嗑着瓜子讲道理,老张你算老实人,村头谁谁谁家夫妻搭伙做生意,男的做饭女的卖,啧啧,不要脸,还是老张是老实人!

然后女人们看着二丫问,你妈不要你了吧?二丫跑出去,爸爸在后面骂,婊子生的东西没良心。混着乡村女人公鸭嗓的笑声。

后来妈妈回来了,张家的漂亮媳妇更漂亮了。二丫觉得妈妈是因为自己回来的,私下里有些开心又有些难过。

砰砰砰。

大年初二的风在砸门。

砰砰砰。

二丫烧得迷迷糊糊。她好像看到小时候妈妈被爸爸拽着头发往墙上撞的画面。她在小学课本上读到过头发像海藻的比喻。那个时候二丫就笃定，书上写的就是妈妈的头发。

那天她放学回家，在门口就听见了屋子里的声音。她不敢进去，和哥哥站在门口，她从门缝里往里看，哥哥高，从窗户缝里往里看。

咚咚咚。

印象里没有一次殴打比那次严重。在二丫家借住的表哥回来了，听见动静，赶紧跑进房间拉开了爸爸妈妈。

妈妈的脸煞白，红色的血淌了半边脸，头发上粘着一层血。透过门缝，妈妈看着门外的二丫。

二丫吓了一个激灵。

砰砰砰。

二丫看见红的眼和红的血，白的脸和白的手电光。一个男人拽着妈妈的头发往墙上撞。"让老子好找。"男人边打边骂。

你妈不该打吗？二丫想到妈妈第一次走之后爸爸问她的问题。

"妈妈。"二丫咧开嘴，哭了。

五

"去找大师来。"二丫听见有人说话，周围人来人往，她还闻到了熟悉的鸡骚味和猪圈味。

二丫睁开眼，昏昏沉沉，昨晚的鸡汤饺子好像在胃里梗住了。

她看到一言不发的爸爸坐在旁边，奶奶和大婶大妈围着自己。

"二丫中邪了！"大婶说，"被她妈勾了魂！"

"来啦来啦！"门口有人喊。

进来了一个穿着大褂的人，他一手拎鸡，一手拿刀。鸡在他的手上挣扎，鸡毛乱飞，发出咯咯咯的叫声。

"先来点鸡血杀杀晦气。"说罢，白刀子进去红刀子出。

鸡疯了一样挣扎着蹬腿。

青白的鸡眼盯着二丫，二丫看见红的血，白的眼，红的刀，白的肉。鸡不动了，毛不飞了，鸡血洒了满地。

哗哗。

戴鑫雨
四川大学文学与新闻学院 2021 级本科生

鲸落有声

韩思颖

一

鲸出现在东京上空。

鲸出现在北京、上海、武汉、成都上空。

鲸出现在纽约、巴黎、柏林、悉尼、华沙、莫斯科上空。

人们抬头看着鲸。

这对人类是历史性的一刻。

四十二分钟之后,鲸开始唱歌。

它们的歌声如透明的海水,如提琴弓弦在玻璃杯上奏出的圆满乐章,它们的声音构成和谐的多重唱,漂浮在人类文明的上空。

没有人知道它们何时停下。

二

它们的歌声如无止境的阳光洒落下来……

在光照下，近乎透明的鲸身体折射着彩色的光。鲸从出现时起就是这样。但艺术家们坚信，它们过去是有颜色的，只是就像人类到老会白头，那些颜色随着鲸的衰老，逐渐流逝而去了。在他们的画作和小说中，天上的鲸总是披着漆黑的外衣。

鲸的歌声持续着，穿透建筑物的玻璃和墙壁。人们不得不戴上屏蔽高频噪音的耳机来彼此交流，但特制耳机的生产力有限，只能供给特殊行业使用。后世称此为"鲸歌事件"。

学校宣布停课，以免增加公共设施的负担。年迈耳背的夫妻在屋子里对彼此大喊大叫，街道上的人以肢体动作取代见面时的寒暄。无谓争吵变得更为频繁，因为人们无法用语言进行沟通，在大多数人际关系的来往中，交谈最终都会演化成自说自话、互相静音的单方面倾倒。

交通变得事故频发，或许是因为听着歌声的司机更容易心情波动，但统计学家认为汽车喇叭失去效果造成的信息缺失和无力感，产生的影响更大。音乐家们、脱口秀演员、销售代表无法工作，事实上也失去了工作。许多人因为鲸歌而失眠。

也有好事发生。默片重新成为时代潮流。在图书馆和教室因为他人太吵而引发的争执彻底消失，甚至人们可以在这些场合大嚼薯片爆米花。隔音效果糟糕的旅馆收获了比以往更多的生意，价格也水涨船高。施工工地可以彻夜赶工，而不必担心扰民的问题，因为没有什么能比鲸歌带来更大的困扰。

人们试图用直升机接近鲸的尝试均告失败。每次飞抵一个特定的高度，空中就会无缘无故地出现湍流，无法再上升。在它们周围，环绕着后世被称为"鲸风"的奇异风带，科学家们在后来的数十年内为它们的成因而争论不休。

三

人们是很晚才想到邀请语言学家。

专家组的组长曾在中国和美国求学，能流畅地讲两国的语言，还在俄罗斯、法国访学期间学了当地的语言。他是个精力充沛的小个子，说话带着出生地独有的口音。他的语言背景使得他成为组长。

其他的语言学家一开始对他颇不服气，直到他准确地将鲸歌的频率转写为数值，结合常见的鲸叫声和情绪，与底层的语义开始结合。语言学家们通过播放鲸的模拟叫声试图与空中的鲸沟通，然而没有得到回答。在经过了数十日的分析后，人类终于听懂了鲸的第一个核心字眼。

"悲"。

那不是寻常的"悲"。以鲸失去同伴时的哀鸣为基底，那是混合了多重情绪，叠加了多重语义，限定在特定语境下的悲，如果要用人类的语言描述，那大概会是"既欢喜又悲哀，既黑色又灰色又蓝色，为这一头鲸而献上的独有的悲"。

语言学家用广播回应了同样程度的"悲"。

在此，人类终于让自己的声音被鲸听到。

同时，对鲸语的分析一刻都不曾停止。"你们好"的信号被成千上万次地发出，期待一次回答。

在这期间，语言学家们最常做的动作就是，戴上耳机，开始听之前录制的鲸叫声。它们没有现今无处不在的鲸歌那样的美好圆润，而显得更加走调，尖锐，粗糙，他们有时会带着玩笑的态度想，那相对于天上的鲸歌，或许是种方言。

终于，八十四天后，人们接收到了鲸发来的回信。

你们好。

而后是漫长的沉寂。

战略专家分析了许多种可能,这是一种威慑,或者是不感兴趣的表现,或者是他们畏惧人类。总之各种可能性吵了个遍。但人们达成共识:除了语言学家之外,没有其他人能让鲸再次开口说话。因此,他们只好容忍这些象牙塔里的修士,使用每分钟费用高达数百元的设备,调动这里那里的人手,在本该讨论战略的桌上放咖啡杯。

当语言学家快要吃完破译中心里所有的巧克力饼干时,第二句话终于出现了。

我们是□鲸一□。我们在这里□停。

人类意识到鲸们意识不到人类不懂得它们全部的语言。不过不要紧,人们放出了小鲸在学习语言时常见的叫声。

四

自此之后,破译语言的进展突飞猛进。甚至有一种感觉……感觉天上的鲸们在将语言传授给人们。它们的语言大半与海洋有关。"前进"是"向后划","季节"是"海潮","呼吸"是"喷水","天空"是"海面"。有时,它们传来人耳无法分辨的声音,这时候就必须由擅长和数字打交道的人介入，幸好语言学家中有不少都符合这一要求。但应指挥中心的要求，他们还是找来了一批数学家，据说这是为了与语言学家的势力进行制衡，但显然，数学家们没有争权夺利的爱好，比起人，他们更喜欢和数字打交道，反而是语言学家的好胜心被激发了起来。总之，在他们漏洞百出的合作下，鲸的语言开始被理解。

只是对话的间隙仍旧长到令人烦躁。

破译中心之外的世界，在短暂的混乱之后，恢复了相对的和平。手语教师成为最抢手的职业，耳机的产能也逐渐提升到可以覆盖更广泛的人群——耳机工厂的扩大生产为部分失去工作的人提供了再就业的机会。人们开始习惯伴着鲸歌入眠，在部分听不到鲸歌的区域，人们抱怨自己错过了一次难得的机会，并且以此向政府索要赔偿金。

那句话很快被重新提出了。

鲸：我们是有鲸一族。我们在这里暂停。

人类：我们很荣幸能见到你们，但不知道你们何时离开？

在两次对话的间隙，语言学家们马不停蹄地分析得到的一切语言材料。一部鲸语的词典正在逐渐生成。动物行为学家也被纳入团队中,他们对鲸的社会模式和习性进行分析,用以辅助语言学家们理解鲸语背后更深层次的含义。

鲸:很快。我们在埋葬将死者。
人类:唱歌(说话)也是埋葬的一部分吗?

人们和鲸建立的交流总是有了上句没下句,总是在等着鲸回答问题。因此,在给大众公开交流内容时,新闻媒体总是把上一次的对话内容加上,以便健忘的大众想起。现在,大多数人已经一点都不关注鲸了,许多人甚至认为破译中心是在浪费纳税人的钱,在一些国家发生了由此而起的游行。

人类:唱歌(说话)也是埋葬的一部分吗?
鲸:是的。很快就会一切过去。
人类:你们说话为什么要这么久才能回复?

这一次,语言学家们很快等到了后续。

鲸：抱歉，我们忘记了时间尺度的不同。现在开始，我们会委派专员以最快的时间回复。

人类：为什么我们无法接近鲸们？

鲸：是我们制造了这种隔离。很抱歉，用你们能懂的语言解释不清这种原理。我们是为了死者尊严的保护。

人类：为什么将它们埋葬在这里？

鲸：坟是这里。

人类：坟？

鲸：我们埋葬在这里上一次时，你们还不在。

人类：那是什么时候？

这一次回复又历经了十余天。显然，鲸的回复专员也在寻求专业协助。

鲸：我们不知道怎么用你们能懂的语言表达。那一次，我们种下了不同粒度的石头。现在，它们已经长成了碑——就是你们所说的"山"。对我们来说，这只是几个瞬间，对你们来说显然很漫长。

【自由叙事篇】

人类：也就是说，你们很久以前已经造访过这里了？

当人类说出这句话时，有一个孩子注意到，半空中的鲸开始溶解。

鲸：是的，孩子们，而且，下一次造访将是在很久之后了。

这是几百万年之间，鲸对人类说的最后一句话。随着最后的话语从歌声中穿插而出，透明的鲸不断裂解，鲸的歌声逐渐变高，它们的歌声超越了人类听觉的极限，它们的身体如星屑洒落，化作一个又一个更为微小的个体。它们中的一部分落入大海，贴近守墓鲸的身体，成为水中的生命，正如四十亿年前，第一条将死的鲸拜访还无生命的地球时一样。

韩思颖
四川大学文学与新闻学院 2021 级本科生

论"昙花"一词的不可触及性

——语义波调整仪二期第042号实验记录

王兰欣

我跌跌撞撞地走在路上,江面上被冷空气压制住的一层水汽化成雾,和我混乱的思绪揉在一起。夜里的实验数据都融化在雾里,与千万个奋力向上腾起的水滴一起,在天地间弥漫开来。第三杯咖啡的效果还没有消退,我仍然疲惫却无法入睡,游走在这路灯二十四小时监视的街道上。

不知道是突然想起,还是心里早就清楚,在走出实验室的第四个路口左转,我将要去完成一个没有写在备忘录上的事项。我知道路的尽头是什么,那不过是一个小小的花店;然而多次在梦里,在笔下,在自言自语中,在和她的轻语中,我曾将那个普通的零售花店描摹成理想和桃源。那里连路灯都照不到,但我知道阴影下面有人在等我。一个小小的人影在花店里来来回回,要努力看才看得见。

我刚刚结束了公司新推出的语义波调整仪的二期实验，产品的研发在一年前才突破了技术瓶颈，正是她来这座城市的不久之后。语义波是社会学家 Karl Maton 在二十一世纪前二十年提出的语言学模型，用于解释人类知识逐步获得的过程。为了更好地表达自己的理论，他提出了语义引力和语义密度的概念：语义引力是语义对环境的依赖程度，语义密度是语义的浓缩程度。在论文中，Karl Maton 用它们来解释人类学习的过程：在学习的一开始，我们借助具体案例，也就是语义引力强的语句来让自己更好的习得知识；随着学习的深入，我们逐渐将知识抽象化记忆，这伴随着词语的语义密度增加；而当我们需要运用这些知识的时候，我们就将储存在脑子里抽象的知识投入具体的实践之中，这时，语义密度减小了，但语义引力增强了。这很像以前人们相信的"花语"，例如"昙花"——这辈子我只见过一次——在普遍意义上是指一种花期很短的植物，它的拉丁文名字我早就忘了；然而，在人们有意使用它的"花语"的特殊情景下，它代表着转瞬即逝的爱。

总而言之，语义密度和语义引力的大小遵循此消彼长的规律。长期以来，Karl Maton 的理论一直被局限于教育领域，大部分研究这方面的学者关心的是语义波理论对探索人类认知规律，提高人类知识习得效率的作用；一个带有社会学色彩的语言学理论最先在教育学发光发热，说起来还有些奇妙。

但是我们公司在这看似被挖掘得差不多的理论中发现了新的商机。有鉴于最近人们越来越敏感的内心和越来越"胡来"的虚拟世界，已经进入二期实验的语义波调整仪绝对是不愿放弃虚拟世界但又害怕心理受伤的大众一直渴求的发明。它利用语义密度和语义引力之间的反比例关系，调整语义密度和引力的参数，人为地让使用者能够摆脱具体语境，对一些词语进行抽象的普遍层面的理解。简单来说，调整仪就像是一张磨砂纸，粗糙着人们的内心，让他们对一切具体的言论做出抽象的理解，从而脱敏。它的原理很像我们公司之前的明星产品——审美干扰调整机，你仍然能够辨别出每个人面部的细节，调整仪不会损坏你的视觉（或是听觉），它只是让你对不同的面孔产生相同的反应，就像我们几乎没法评判不同的健康黑猩猩的美丑。

"你知道为什么店里不卖昙花吗？"她仰起了脸，悲哀和纯真在她的眼神里弥漫开来。江边的雾让我有些恍惚，丝毫没有注意到自己走得太近了，花店门口的铃铛急切地响了起来。她见我没有要回答的意思，继续说："因为昙花不属于这里，这里也没有人真正了解它。"

昙花我只见过一次，旁边没有她的昙花我一次都没见过。昙花只属于偏远的更加现实的世界，属于她所来自的那个更加真实可感的世界。那个世界我只去过一次，就是在调整仪研发到达瓶颈之后，我渴求新的灵感，新的刺激，于是走出了我从未离开过的城市群。我跳上随便一列高铁，然后转火车，最后坐大巴车，随便来到一个地方，在他们的大街上，小路上，河道边，随便地走着。乡村就像是我们这些城市岛民的避难所，它接受着每一个人；然而就像昙花一样，它不允许你长久地沉溺，有限的安抚满足不了永远的孤岛，这一点我在很久之后才明白。

她今天将头发随意地挽起，就像之前的每一天，也会和之后的每一天一样；但那时我想到了见到她的第一天，昙花开放的那一天；想到了她跟我来到这里的第一天，来到一个花园里没有昙花的地方的那一天。我的心在念着一句对白，几乎都要唱起来："世界上有那么多的城镇，城镇里有那么多的酒馆，可她偏偏走进我的心……"

"昙花在这座城市里会枯萎，它会失去生命——"

"你知道我明白你的意思，你不需要用你委婉的语句；你忘了，我是一个语言学家，我比任何人都清楚你们的隐喻——"

她吃惊地望向我，仿佛我在谴责她的天性，他们和它们的沟通方式。我知道几天后她会走上高铁、火车和大巴，一边还怀念着之前义无反顾跳上大巴、火车和高铁的自己。我知道，我看见了，但我不想看见。她张张嘴，仿佛要说出更多的昙花，一遍又一遍刺激我的神经。我同样义无反顾地拿出了尚在二期实验阶段的调整仪，上面早已设置好语义调整关键字"昙花"。

在心里留下最后一滴泪，我启动了调整仪，我忘记了我们之间转瞬即逝的爱和它的代表，我忘记了昙花和她之间的所有连接。但是，它们还在那里，安安静静地躺在某个角落，只要我关掉调整仪，一切痛苦就会回来。

几个小时后，再次回到实验室，独自一人，我写下这次实验的结论：调整仪效果明显，对关键词的词义调整准确，但是请注意，使用者可能会出现上瘾症状。

【自由叙事篇】

历史织成的文字,无数生命的关键词,都与我无关了。难以捕捉的词语和景象,终究会被遗忘。

王兰欣

四川大学文学与新闻学院2021级本科生

异乡人

陈恺琳

一

我生长的车箭村在川西一座佛山脚下。

很难给儿时的记忆理出线索，总会有小猫抓住线头将它搅作一团，白色的线团弥散成白色的雾。"儿时"可能是一种编年或经验，但更多是一幅影像，一种氛围。

十面佛一座，庙宇四方，朝圣者焚香不绝，我的记忆常常闪烁着的烟雾缭绕的图像——但或许是错置，或许烟雾只是饭菜蒸腾出的热气，毕竟从这里很难望到山顶。

混淆这些画面不是因为我糊涂，而是我儿时的确常常被父母带去火锅店。在火锅店里，男人们用往事陶醉地煮着自己，他们有艰苦卓绝的过去，而我们幸福却不知满足，好像除开这些就无话可说一样。他们袒着的上身使我想起年夜饭上油亮的蒸鲶鱼——将宏图与阴谋论大口咀嚼、浸透唾沫，又不加消化地吐出来，嘴唇不断开合、翕动。

其实完成一次晚饭并不困难，只需要把笑容填在脸上，就像浮在酒面上的泡沫一样——只是双颊的肌肉会有些费力——然后感受耳膜的震动，有时需要用上点头附和之类的技巧。当人们开始夸奖我的时候，事情会变得有些难办，这时候我需要祝酒，目光像探照灯一样射向我。

吃完饭后就陪着大人们去"堂子"里打麻将。四筒与二万相碰，骰子与骰子撞上，胡牌的川话此起彼伏。大人们打麻将的时候将我一个人丢在旁边。记忆里小时候有几次拉着妈妈的衣角想让她陪我，但抬头只看见缭绕的烟雾，妈妈的下颌线在烟雾里，很远很远。后来我就会识趣地一个人玩。更多的是在"堂子"最里间的厕所边读书。我喜欢读希腊神话，后来是黑塞，再后来是波德莱尔。烟和粗茶味混在一起，汗臭杂着茅坑的异味。后来我对恶臭的概念都从此得来，我常想地理书上亚速海锡瓦什湾的气味应该也不过如此。

但它有世界的概念。而我生活在封闭的酱缸里。

二

镇上有一条大石龙，白瓷砖，麻将堂子就在那边上。

守堂子的是个老婆婆，姓叶，读书读累了，叶婆婆就带我去大石龙玩。

傍晚白龙人很少。有时会有人在白瓷砖上写字或作画，还有佛山吸引来的、长头发的艺术家，或者流浪歌手。我很喜欢龙首上一段瘦金体的字，其中三个字很清晰，"异乡人"，"乡"是繁体的"鄉"，那是傍晚的时候。

艺术品都属于傍晚。白天大多都是贪玩的孩子，马克笔，处心积虑的字符，幼稚的玩笑或青涩的心事。

叶婆婆很少说话，只是笑眯眯地看着我，让我自己玩。她身上有老人的味道和肥皂的味道。

于是我去和白龙说话。和龙身下的小池子说话。和池子里的鱼说话。叶婆婆常塞给我堂子里的小食，让我去喂鱼。池里有一黑一金两条，扑食的时候奏出很清澈的乐音，像俄耳浦斯的琴声。俄耳浦斯零零碎碎地降临。一部分在金鱼身上，金鱼是莫扎特，祥瑞，明亮；一部分在黑鱼身上，黑鱼是肖邦，忧伤，怀想。

我给白龙编故事，讲给叶婆婆听。

林间泉边的少女给化身成牛的朱庇特戴上花冠，从此有了欧罗巴。白龙被美杜莎的首级照见，遂成龙。也许这是神人幽会的孤岛。丘比特与赛普克夜欢好，天亮后去。

日日夜夜会,唯声,无形。

叶婆婆豁着牙对我笑。

三

镇上的事一传十十传百,叶婆婆快不行的事儿,很快就传开了。

我去的时候,丧葬车已经停在楼下了。就像流水线一样,前脚被打上死亡标签,后脚就挨着装箱。

叶婆婆大儿子是堂子的老板。腋下夹着皮包,带着满脸油光匆匆进了病房。还有一个男人在门口打电话,打着打着就点了支烟。一个女人在病床前和一个老头说话,她有很柔和的播音腔,心里头有演练很多次的教案,安慰过这家,也能安慰那家,家家都是一样的话,都是按部就班的流程。

我靠着墙,盯着那个只剩下一层枯树皮的老妇人,就像看见了我自己的死亡。

像事先安排好的剧本:心电图由波状变成直线。有人负责哭,有人负责沉默,有人负责惋惜。

丧葬车是由绿色皮卡改装的,小时候捉迷藏,我常藏在皮卡的尾箱里。现在皮卡的尾箱里已经装上了礼炮,从小镇西边的界碑开始,像一只拖着大幕的乌龟,蹒跚地,愈来愈小，最后消失在所有线条交汇的一点。就像乌龟向东归海，幕布也拉上。

我浑浑噩噩地跟着坐上车，走进灵堂。灵堂像徐徐铺开的万花筒，彩色的花圈，黑白的挽联，像是花圈在吐舌头，在流泪。

四

我有很不错的成绩。凭借中考成绩，家庭条件不赖的孩子都可以选择外地的学校。

中考是在我曾经念书的小学进行。

作文的主题是《回家》，曾经准备过的题目。但整整有一刻钟我无法动笔，突然想到一些很熟悉却畸变的事情，就像做了一场梦。梦里我爬上了一列火车，看着竖梯一样的轨道的横木向后退，但我是一棵树，血脉扎在地里，火车加速向前，皮肉血淋淋地撕开。

我在作文末写下：四季不散的烟味，滚滚的麻将声，中年人大谈往昔时油亮的光头，构成了我整个的故乡。

这是我关于十五岁末最后的回忆。

五

那次中考我位列全市第二。省城的学校允许我参加他们的夏令营。按常例,这就是已经录取了我。

于是父母四处拜托亲戚,才在离市中心最近的地方,给我找到了一间出租屋。

在不上学的时候,我找地方自己读书。省城有很大的图书馆,彼此不相识的人各自坐在各自的静谧中。没有寒暄,目光相触随即移开。在那两个月里,周而复始地,我从地铁站到学校,乘公交到回家,中途去一趟图书馆。

我记得我读到安特列夫的《大笑》,其中有一个片段,是男子要去化装舞会,就来到一个租衣服的店,店员拿出很庄严、很高贵的礼服,可他觉得穿上后太肥大,好像人都看不见了;后来又换了一件工人的工作服——为了劳动时方便,这种衣服的袖子和裤腿都是绑起来的,他穿上这一件后,又觉得太紧,手脚都被束缚住了。后来只好换上一件小丑的衣服。

那天我梦到自己穿着小丑的衣服。

在投入一种新的生活之后,人就会速速忘记上一种,在第一个没有失眠的夜里,故乡的影子开始恍恍惚惚,就像褪色的胶片。

初到新城市的慌乱与新奇只是生活的小小序曲。生活的本质就是"没有任何意外"。地铁正常运行,按部就班地进站、停车、打铃、关闭金属门，没有因人多而限流，没有事故，没有警报，没有罢工，也没有交通管制导致的中途停驶。在这样的日子里，我总觉得自己就像是一部刚上好油的庞大机器的组成部分。不管情愿与否，每个人各有位置，各司其职。

六

夏令营结束后来接我的是父亲。还有他手里教育部的红头文件。

"为保证地区教育可持续性发展，现规定，我省高中不允许跨地区招生，应届考生应在本地区就学。"

那个八月连下了很久的暴雨。大佛的脚趾都被淹没，三江汇流，腾起水雾，大佛的眼帘垂下。

间歇的晴时我和父亲回出租屋，收拾行李回家。我一直没有说话，我以为我会哭，但没有。父亲只是抽烟。

穿过菜市场，废菜叶上有湿哒哒的脚印，下水道边长着青苔，一夜的雨烧烤摊的油渍味被沉在地面上。楼道口是一家麻将堂子，飘出烟味，四筒、二万撞在一起，哗哗的声音。只有小小的窗口能透见一片天。雨水在沾满尘土的窗玻璃上犁下条条沟壑。楼道里有阴湿的霉味，与堂子里的烟、茶味搅在一起。长满蛛网的电线随意地织张，像驳杂的命运。

那种勃发的宿命感颇有希腊神话的意味，被预言的人，几经周折之后，总是会走向同一个终点。伊卡洛斯以为自己飞出了迷楼，但其实世界只是一层一层的迷楼的嵌套。

和母亲通过电话，便上了高速。上高速前回头望了一眼，省城灯火辉煌的，把天都烧出了一个窟窿。母亲说了些安慰的话，像蹩脚诗人搜肠刮肚的新句。

夜里行车。我用目光对抗着迎面涌来的强光，试图用眼睛的酸涩、口头的干涩，去解构心头的苦涩，但这就像试图理解"解构"本身一样徒劳。对面车道的夜幕下黄光氤氲着尘埃，有那么一刻我觉得，这不是车流，而是1934年美国西部平原的沙尘暴。我什么也看不见，我也不知道能去哪里，我只是逆着它走。我在灯外，在黑暗里。

七

白龙立在入城口，我很想见它。

但迎接我的只有一片废墟。废墟边一个长头发的男人在弹吉他。弹的是 *Five Hundred Miles*。旁边停着一辆收垃圾的车，收垃圾的年轻人躺在垃圾车里睡觉，像是将自己也丢弃了。

白龙在这个夏天里颓然倒下，白瓷片散落一地。父亲说，是因为上面的涂鸦影响了市貌。于是那个夏天很多东西突然被取缔。

我站在废墟里。突然感到有一只手从脚下的这片土地里生出来，将我向下拉。我想逃，但那手的力量越来越大，甚至从四周伸出来无数只手，从飘着丧乐的空气里，从巨幕似的峨眉山上。

突然，断瓦残片之中我看见一块，曾被吟游者或是艺术家眷顾的，写着瘦金体的"鄉"字。我凑近了看见一条裂纹，将"乡"与"郎"切割开。

风中飘来沙哑的、略带一些干涩的民谣歌声：

"Lord I'm five hundred miles away from home."

陈恺琳

四川大学文学与新闻学院2022级本科生

遮日

顾培文

一

深冬，公园内树木光秃的枝干朝四方扭曲着，在灰蒙蒙的天幕中留下斑驳印记，杂乱，单调，不复往日的盎然生机。清晨的温度低得让人难以忍受，大多数人都更乐意待在家中享受火炉所带来的温暖，公园里人影甚疏。

斯科特先生穿着深色麦呢大衣，挂着一根木质拐杖，另一只手拿着一卷晨报，向公园深处走去。他两鬓斑白，神色肃穆，眉间有一股化不开的愁绪。虽人到中年，历尽千帆，但他的眼眸却带着雾般的迷茫。

他寻得长椅坐下，长久的沉默后，忽听见身旁声响，似有人落座。斯科特先生踌躇片刻，开口道："早上好，年轻人，请问你乐意听我讲一个故事吗？"

没有等来回答，又是一阵长久的沉默。

斯科特先生却下定了决心，不再等旁人的反应，他径直开口道："我想讲的故事，是关于我的一位旧友，也关于年轻的我。故事的年头有些久远，需要很长很长的时间才能将它讲完，但年轻人，希望你不要急躁也不要离开，相信我，你会喜欢这个故事的，它可以带你进入另一个世界，让你发现历史中那隐秘的一隅。"说罢，斯科特先生想了想，又补上一句年轻人喜欢的时兴话，"这可是内部人员的独家爆料，只有你一位外人有幸知晓。"

"故事开始于三十年前，那时候的我和你一样，也是位帅气的小伙子，年华正茂。不过没你幸运，年轻的我所处的世界正在遭遇一次空前绝后的、残酷的世界大战。和大多数同学一样，我也愤恨于敌人的恶行，担忧着祖国的存亡，怀着满腔热血，一心想要去往前线战场杀敌。不过，与别人不同的是，因为一次聚会上的纵横字谜游戏——我在十分钟内破解了它——我的一位校友找上门来。在她的邀请下，我参与了一项政府所组织的计划并通过培训和层层选拔，最终去往了一所新成立的密码解译机构——X庄园。在那里，我经历了很多事情，也遇见了我的这位朋友。"

斯科特先生缓慢而又平静地述说着，思绪却被渐渐地拉回到那个正在记忆中褪色的古老庄园……

二

1939年,春。

远离战争的天空碧蓝如洗,偶有云彩掠过,却遮不住耀眼的旭日。

不见战场硝烟的小镇并无世外桃源的安宁与美好,相反,只剩下妇孺老人和在宁静表面下涌动的不安与恐惧。

年轻的斯科特一身学生装扮,白衬衣、米色西裤,还套着一件灰色格纹针织背心,脚蹬自行车,在乡间小路上飞驰,直至路的尽头,将车把一转,进入了"瑞德里上尉的射击俱乐部所在地"——X庄园。

在宅邸前的绿地上,突兀地矗立着众多临时搭建的小木屋,不留情面地破坏了庄园设计者苦心打造的美景。本该出现在战场上的青年们此时正忙碌地穿梭在木屋间,手上拿着纸张文件,神色匆匆。斯科特抛下自行车,快步走进木屋群,赶路的同时不忘与迎面而来的同事们问好,在多次转弯后,他来到木屋群的深处,停在六号小屋的门前,深吸一口气,握住了把手。

在开门的一刹那,交谈声、脚步声、电报声……一系列嘈杂的声音如浪潮般向他袭来,门后是一片混乱而忙碌的景象：众多人员不断书写着、传递着、交谈着，一刻也不停地进行着他们的工作。无数的演算纸遍布屋内的桌子、椅子、电报机……各个角落，甚至算得上是"四处纷飞"。从天花板垂下的吊灯直指桌面，摇摇欲坠。巨大的挂钟挂在房梁正中，指针嘀嗒嘀嗒地走动着，喋喋不休，催促着底下的人进一步加快他们的行动。

"斯科特先生，不知眼前的这幅景象和往常有什么不同，怎么引得您驻足欣赏，沉浸其中了？"

背后骤然传来一句阴阳怪气的话，吓得斯科特一激灵，不用回头看，都知道自己被主管逮了个正着。

"对不起，威奇曼先生，我这就去工作。"

斯科特不敢多看，匆匆赶到自己的座位上，开始埋头破译密文材料。

"在场的诸位，我希望你们可以记住，你们现在所进行的不是无伤大雅的字谜游戏，每一则密文都是战情，其背后都可能牵扯着数千人命以及我方在战场上的输赢。敌军可不是你学校里那爱循循善诱、热衷于提供线索的考试出题人，他们当天所使用的密钥都会在第二天报废，若是在十二点前无法通过既有的拦截信息破译密钥，你们应该知道后果是什么。"威奇曼先生说完后，用冷酷的眼神扫

【自由叙事篇】

视了屋内一圈,随即转身离开了小屋。

斯科特抿了抿嘴,借以掩饰自己的尴尬,同时继续查看手中密文。

"xebrp sqfer uqcvz rcrcs thhgk vxzqe qfeju emrdx heysx qmaee rqygw"

根据早期收集的情报和 H 国科学家当初所转交的信息,敌军目前所使用的是一款名为"奇谜"的机械密码编写器,H 国曾通过间谍获取了使用说明书并成功仿制这一由灯板、键盘、接线板、转轮、三个编码器以及一个反射器所组成的机械编码器。遗憾的是,密码破译的关键在于找到作为其具体加密系统选择提示的密钥而非加密原理,因此,即使我方所制造的"奇谜"再如何还原,想要在没有密钥的情况下破译情报,都需要进行数以亿计的尝试。

敌军的密钥一般为三个随机选取的字母,按照惯例,斯科特先开始尝试一些在键盘上排在一起的字母——毕竟在激烈的战火中,总有那么几个过度工作后想要偷懒的操作员——以期望自己可以中奖,不需再多做尝试。

很遗憾,这封情报的加密员工作十分严谨,应该是位优秀员工。

斯科特叹了口气，心中感叹自己十年如一日的烂运气，收拾好演算纸，转而投入小组内庞大而又繁杂的密钥检索工作中。

繁忙让时间从小屋的世界里消失，破译员们不知疲倦地工作着，用着老方法、新方法还有赌博式的猜谜法，费尽心思，千方百计地想要找到那沉入字母汪洋中的一枚密钥。

"咔"，时钟上的时针正正指向了12。

一刹那，原本充斥于屋中的嘈杂声骤然消失，唯留长久的沉默。

他们失败了，没能在有效时间内找到密钥。

小屋里的每个人都知道这意味着什么。敌军的情报就在自己的手上，一字一行，清清楚楚，但没有人能读懂它。在这乱序的字母背后，或许是一场突袭、一次轰炸、甚至可能是来自最高元首的重大战略决策。但这些信息就如此从手上溜走，他们目睹大厦将倾，却无能为力。

即使这样的场景已经上演了多次，但没有人能做到麻木。一位女士不禁用手捂住了脸，疲惫地坐下却不发一语。在她的身旁，有位年轻气盛的男子再也忍不住，一脚踹向摞满资料的木桌，桌腿微微摇晃，放在桌上的纸张雪崩一般倾泻一地，一如敌军嚣张的挑衅。

斯科特的心情同样不佳，手中的笔尖因用力而变形，在白纸上留下深而重的墨点。随后，他起身出门，找了块儿空地，掏出香烟。

夜晚的 X 庄园依旧算不上宁静，绿地上的小屋有不少还亮着昏黄灯光。敌军不止一国，密码也不只"奇谜"，在这儿的人还有很多事情要做。斯科特微微抬头，吐出烟雾，凝视着天上的明月，"又会有多少人，今天过后，再也不见日月？"他在心中默默问道。

"晚上好，哦不，早上好，您也是出来散心的吗？"

斯科特转过头，对上一双微微发亮的眼眸。

凭着直觉，斯科特不由发问："你是新来的？"

年轻小伙有些讶异，微微挑眉，回复道，"是的先生，我叫威尔，之前在大学里研究数学，现在也在六号小屋工作。"

斯科特想了想，在记忆中发现了这位同事忙碌的身影，便放松下来，和他搭话道："叫我斯科特就好了，我俩应该是同龄人，只是我来这儿的时间早一点罢了。"

他靠着树干坐下，并拍了拍身边的空地。

"不知道今天戴维斯那家伙有没有吓到你，不过这也不是他第一次踹桌脚了,"说到这,斯科特顿了顿,语调不由得下沉, "这也不是我们第一次在这场博弈中失败了。"

"但总有成功的时候,不是吗?"威尔挨着他席地而坐,"密码的设计或许精密得无懈可击,但没有密码是不可破解的,它们都拥有着同一个巨大漏洞——作为使用者的人类。人不是冷冰冰的机器,而是有生命的活物。我们是人,我们的对手也还是人,我们有可能找到更好的破译方法,而他们也可能因不恰当的使用消蚀密码的防御力。"

"你对密码学还挺有见解?"

"当然,我热爱密码学,一如热爱数学。在我看来,密码是以语言和数学为建筑材料、人为搭建的迷宫。不同于或许早已存在的数学真理,密码是因人而产生的,无论是编码还是破译,都是人的博弈,这样的迷宫,难道不具有巨大的吸引力吗?"

斯科特笑了笑,没过多评价,只是说道,"你很纯粹,也很聪明,我们的队伍中拥有你这样的一位骑士,想必可以尽早将那恶龙斩于剑下。"

说罢,两人都不由得一笑,起身一同回到了他们的战场上。

【自由叙事篇】

三

"威尔便是我的那位旧友,起初,我其实并不理解他对密码的那股执着的热情——在我的眼中,破译密码是日复一日的枯燥,是不断失败的无力,是挽救流逝生命的艰难,它给人的压力如山一般让人喘不过气。但威尔不一样,他敢于去直视恶魔的眼,每天都有无限的精力殊死搏斗。"

说到这儿,斯科特先生却又再次停顿,好像想起了什么,又紧接着讲道,"不过,年轻人,你可不要误会,虽然到目前我所讲述的故事中我们好像费了不少力气却没什么作用,但事实上,我们在这场大战中所做的贡献可是你不能想象的!"

四

1940年,冬。

时间的流逝看似平淡而缓慢,但在暗处的世界早已经历了多次交锋。

六号小屋利用敌军破绽不断破译出更多的密文,"奇谜"似乎不再神秘莫测。但好景不长,敌军很快意识到在密文开头重复两遍密钥的规定是多么愚蠢,他们立即下令停止此项操作。自此,"奇谜"再次沉入海底。

六号小屋破译出的密文数量骤减。

斯科特为此头疼不已,但威尔却并未灰心,相反,他每天依旧兴致勃勃地跟在艾伦身边,和他认真讨论着什么。

说到这儿,叙事被硬生生打断,老斯科特突然严肃地说道:"艾伦,艾伦·麦席森·图灵,年轻人,你可能没听说过他,但你一定要记住这个名字,他是我们之中最耀眼的天才,也是这不见天日世界里最伟大的人物,他的作品使这场战争得以提前结束,并且你所拥有的现在甚至未来也离不开他的创造,即使——你所学的历史从来没有告诉过你这些。"

他再度沉默,但很快收拾好了情绪继续向下讲述着。

在小组的讨论和合作下,经过夜以继日的苦思冥想,艾伦创造并改进了一系列破译机——"炸弹"。是的,在以机械密码机为辅助的敌人面前,我们也拿起了和他们对等的武器。"炸弹"正如它们的名字,以不断提高的计算速度承担了寻找密钥的繁重工作,以迅雷之势向敌军情报网展开无声的轰炸。

在此之前,即使敌军停止了重复密钥的操作,但每日早晨六点固定的天气报告却代替其成为密码系统的疏漏，为"炸弹"的启动提供最基本的对照文件。

一切正如威尔所说的那般上演，毁灭密码的正是人类自身。

1945年，世界大战因敌军的投降而宣告结束。

经历了多年的鏖战后，破译员们终于完成了他们的工作，签完保密承诺后，他们得以返回家乡，回归日常生活。

X庄园以及政府代码和编码学校永久关闭，"炸弹"系列破译机被全部解体，每一张与破译工作有关的纸片都被藏锁进保密室，抑或是被投入焚烧炉。自此，一切痕迹都被抹去，密码世界再度沉寂，有如乌云遮日，不得窥探。

五

"回到家乡后，我看望了多年不见的父母，在大学找了份教授语言学的工作，结了婚，过着一如战前般和平安宁的生活，但我却没有一刻忘记在X庄园的日子，'嘀嘀嘀……咔哒咔哒咔哒……'，'炸弹'运行的声音总是在我的梦中重复着，提醒我在那秘密世界的日日夜夜。"

"但那些故事，我无法说出口，这段经历不能为人知晓，但也因此，我遭受诸多误解。毕竟在战争年代，一个身体健康、四肢健壮的年轻小伙子，不去当兵、不见踪影，战争结束后又悄无声息、完好无损地回来，对过往经历只字不提，这很难不让人误会。"斯科特苦笑道。

"那个时候的我心理上很痛苦，一边为自己及战友所做的贡献深感骄傲，一边又因无法说出口而感到苦闷。我认为自己是个英雄，却要在至亲至爱之人面前兢兢业业地扮演着懦夫。我曾经收到一封信——来自我最敬爱的中学校长，读信的时候，窗外是密密麻麻的游行队伍，从战场归来的战士们坐在卡车上，佩戴着记录自己功绩的勋章，道路两旁的人们高呼着，欢笑着，亲人们相拥而泣，姑娘们纷纷向卡车上的英雄投去鲜花，街道是那么的热闹，胜利的喜悦萦绕在每一个人的身旁。而我——待在书房，看着校长写给我的信，字里行间充溢着失望和痛斥，他不愿相信自己最器重的好学生在国难面前竟然做了个自私冷漠的逃兵。'圣克里斯宾节就在眼前，而你却赖在床上睡觉。'我知道他所说的并非事实，但却依旧因这句话而感到难受，甚至有点后悔，如果我没有去做那道填字游戏，而是如愿上了战场，是否也能够拥有一枚标记着贡献的勋章？"

六

"所以,你因为这句话郁郁寡欢了这么久,即使已经过去这么多年却还时不时地跑到这儿来借酒消愁?"

酒吧里,威尔像是听到了什么笑话似地爽朗大笑,并拍了拍斯科特的肩,说:

"嘿伙计,别那么忧愁,我们都知道事实,不是么?我们是没有在圣克里斯宾节那天跟随着亨利五世一起流血,但也绝没有赖在床上,所以,我们也绝没有理由因为曾待在我们待过的地方而认为自己很可厌。"

威尔坚定地望向斯科特,带着不曾改变的信念。

"我们已经竭尽全力做了力所能及的事情了。虽然我们也仅仅是这庞大机器之中的一个小小齿轮,未曾窥见过全貌,但你我都心知肚明,有很多人,是因为我们的转动而活在这个世界上。也许他们这一辈子都不会知道,也许历史也永远不会书写,但你我会记得,天地会记得,跳动的心脏就是最好的勋章。"

斯科特无奈一笑,心中有所放下,他打趣道,"好久不见,你还是这么会说漂亮话。"

"我这次找你可不是来演戏剧的,有正事。我最近手里有份好工作,所以来问你愿不愿意干,新地方,不过还是老雇主，想着你有相关经验，这不，就托我来找你了。"威尔朝斯科特眨了眨眼，语焉不详。

斯科特会心一笑，他当然知道威尔说的是什么，久存梦中的"咔哒"声却于此时在耳旁响起，一声，一声，诱人心神，仿佛递来了重访的邀请函，这次，斯科特知晓背后所要付出的代价——对自己更多的人生保持缄默，但他很难拒绝这兼有痛苦和美好的秘密世界，他承认，这对他有极大的吸引力。

"好，我接受这份工作。"

1950年，斯科特加入政府通讯总部，阔别五年后，他再次进入这充斥着密码的世界。

七

"在那里，我工作了很久，直到前些年退休。"

斯科特揉了揉膝盖，不复之前端正的坐姿，而是轻轻依靠在椅背上。

"进入通讯总部后，我并未和威尔待在同一部门，但我们还是经常在内部餐厅见面聊天——当然，出于保密需要，关于各自的工作内容我们都默契地只字不提。在那里，我渐渐见到了许多老同事，甚至还有当年的主管威奇曼先生，他已经成了整个通讯部的总管。"

"日子就这样一天天地过去了,虽然与外面的世界有点脱节,但与同事待在一块儿还是好受些。一辈子与不断涌现的新密码进行刺激而无声的搏斗,又与战友们躲在不能见光的世界里相互取暖,其实说差也不差。在威尔的带领下,我逐渐可以像他一般深层次地领略到密码的诱人,我们一前一后地走在同一条道路上。"

"但是,有一天,威尔在这条路上消失了。"

"政府的人说他病倒了,也有人说他疯了——总而言之,他被送去了疗养院,两个月后,他死在一场大火里。"

"关于他的死,关于那场火,我所知甚少,就连他的死讯也只是从旁人的只言片语中获取。那里的秘密太多了,多到即使有人不明不白地离去也不会留下任何波澜。可是威尔——他不一样,他是我最好的朋友,我无法视而不见、毫不关心。因此,我违反了规定,到威奇曼先生面前去质问他的死亡,但一无所获,还差点背上处分。"斯科特苦涩一笑。

"他的死亡就这样如烟一般消散了,没有人再提起他,即使是我,也差点将与他的记忆遗忘在岁月的尘埃里,直到……"

八

1968年，冬。

斯科特独自一人走在陌生城镇的街道上，时不时低头查看着自己手里的信纸。

几天前，退休许久的斯科特收到一封老上司威奇曼的信，信中只是留下一个地址和时间，并邀请他到那里见面。斯科特多年未见曾并肩奋斗的老同事了，于是他欣然应允。

"终于到了。"斯科特停下脚步，抬头观察，却愣在原地。

"这里是……墓园？"他心中疑惑，但还是抬脚向里走去。

绿得忧郁的草场上，矗立着一个又一个洁白的墓碑，在暖阳的照耀下熠熠发光。在碑林中，在绿与白之间，站立着一位老者，他凝视着自己面前的石碑，就像是前来悼念故交的寻常老头。他似乎感受到了来者的靠近，转过身来。

"好久不见，斯科特。"

"好久不见，威奇曼先生。不知……"

威奇曼先生闻言，并未回答，而是微微侧身露出身后的墓碑：

威尔·沃特

1912—1955

死于真相

"这是威尔？"斯科特看清碑文，一时多年压抑的心绪涌上心头，他顾不得其他，径直向前一步，手抚上那墓碑。

"死于真相？"他喃喃道。

"是的，死于真相。"站在一旁的威奇曼先生开口道。

斯科特闻言，抚摸着碑文的手不由得一顿，他转头看向威奇曼先生："您这是什么意思？"

威奇曼久久沉默，最终开口道：

"威尔是我一直的学生，他才华横溢、天赋异禀，是个好学生、好属下，我相信他能走得更远，甚至做出大成就。因此，我器重他，不断让他担任更重要的职位，接触更核心的工作，却不想，这竟害了他。"

"害了他？"斯科特不解他一向敬重的老上司为何如此说。

"当年，我们所制造的'炸弹'大部分被销毁了，所有的相关信息也被封锁，但是'奇谜'被留下了，并大量运往邻国。他们不知'奇谜'早已被破解，所以放心用其传递重要信息，我们也因此得以长期监视别国政府并掌握他们的政治机密。即使战争早已结束，但人类的欲望从未终止，和平的表面下依旧暗流涌动。而我们——"威奇曼先生的语气微微下沉，"我们是这欲望的帮凶，帮助人类互相隐瞒、猜忌、争斗、背叛，屠龙者成了恶龙最锋利的爪牙。"

"想必这些事情即使没有明说，但在长期工作中你也有所察觉吧？"

斯科特默不作声。

"威尔自然也不会被蒙在鼓里，他不久便知道了，而且知道得更多。他当初来到 X 庄园，是我邀请的，他不忍生灵涂炭，一心想要在密码学这一钟爱的领域击退那蛊惑人心的恶魔。但到最后……这样的事情是他不能接受的，他不愿成为那欲望所驱使的工具，这给他造成了很大的心理困扰。"

"我的确隐隐感觉到背后的阴谋，但这些真相日积月累，又怎会给他带来如此的结局？"

"因为一件事，不是在和平时期，而是在战时——不过威尔是在很久以后无意中得知的，那件事彻底击垮了他的心理防线。你还记得布里斯托吗?"

"布里斯托?那座工业城?"

"是的,就是在战争时期被敌军轰炸的那座城。我仍记得当时的炮火持续了两天两夜,无数的房屋、工厂都被夷为平地,而城里的居民大多都没来得及逃脱,最后成为这城市的陪葬。"

"我知道,那场轰炸仍是历史上最触目惊心的惨剧,没有国人会忘记这道刻进骨头的伤痕。"

"但你不知道的是,这场惨剧的剧本在一开始就送到了我们手中,而政府默许了这场演出。"

"你说什么?"斯科特不可置信地瞪大了眼。

"敌军组织的这场轰炸并非仅仅为了摧毁我国的工业重镇,它还有一个更重要的目的,那就是检验'奇谜'的安全性。敌军元首亲自制定了这项计划并将其命名为'奏鸣曲'。它通过事先传递详细的突袭计划以检验信息网是否被我军渗透。"

"这项计划的详细信息早早就被送上了我方政府的办公桌,而他们选择了袖手旁观。为了隐瞒'炸弹'的存在,他们提前宣告了一座城市的死刑。"

"这,这太疯狂了⋯⋯"斯科特如遭重击,大脑中好似有烟花炸开将一切粉碎，而代替空白出现的是无尽的鲜血。脑中不断有画面闪过，明明没有亲临过现场，可斯科特却不知为何能看到那满目的废墟以及人的残骸，耳边传来刺耳的飞机轰鸣声，伴随着男女老少的哭喊与尖叫，无数的炮弹如流星般坠落，轰炸着斯科特的大脑，他再也忍受不住，用手堵上自己的耳朵。恍惚间，他好像也听见了好友威尔在火海中撕心裂肺的痛喊。

威奇曼看着痛苦的斯科特，缓缓地开口道："这就是压垮他的最后一根稻草。威尔当初得知这场轰炸背后的真相时，比你还要痛苦万分，因为他曾经手握过这些生命。关于这计划的部分信息，是他破译出来并上交的，轰炸的成功曾使他愧疚不已，让他以为是自己没有破译出足够的信息，没能找出准确的时间，才使得这数万人失去生命。"

"所以当最后得知那场悲剧本可以被制止，但却又因为政治的博弈而被允许发生后，他崩溃了。再加上这之后的桩桩件件，人类的欲念与内耗就这样赤裸裸地展现在他的面前，让他无法接受、失望透顶，于是，他选择了彻底的离开。"

斯科特纠结了多年的真相就这般被展露，他一时遭受太多冲击，难以平复。良久的沉默后，他整理好自己的情绪，开口却是另外的话题：

"我记得曾经向您询问威尔的死亡，您却始终不发一语。可为何这么多年过去了，您又愿意开口，甚至主动来告诉我真相？"

本只是斯科特带有发泄情绪的为难，却让威奇曼先生罕见地低下头展现颓唐模样。

"今天告诉你这些，是想弥补我过去的错误。从青年时期开始，我便投身于情报工作，并为其奉献一生。但是，当我老了后，经历了太多的人和事，见证了太多阴谋与秘密，也有很多像威尔这般的遗憾，我不由得思考是否有些事保密太久了，欺骗自己的人民太久了，隐瞒这些历史所造成的伤害或许远比告诉众人真相要大。"

斯科特有些讶异，他没有想到自己的提问可以得到威奇曼先生如此真挚的回答，甚至让威奇曼反思自己。

威奇曼却从自己毛衣胸口的兜中掏出一个折叠的信封交给斯科特："里面装着的是威尔生前的随笔，他的大多东西都还在保密室内，我无法拿出，只有在疗养院写下的可以钻空子带出来，请别介意。我相信你更需要它，并且可以将它保存得更好。"

交过信封后，威奇曼先生双手插兜，眺望着墓园远处枝繁叶茂的大树。

"我打算写一本书，准确来说，已经写完了，或许不久后就可以出版。我想记录下过去的故事，关于我的、你的、威尔的、这密码世界每一个人的故事，告诉公众我们在战争时所作出的成就，所挽救的生命——这些值得历史铭记，也告诉他们我们所犯下的错误，所纵容的欲望，给予世人最大的警醒。"

"我们的故事也可以得见天日吗？"斯科特心想，眼前的威奇曼仿佛再次拥有了年轻时的伟岸身姿和坚定的眼神。他知道威奇曼先生这个决定有多么不易，又需要面对多少困难，但他的内心依旧因其话语而感到激动，或许真的能有一天，他们的故事也能写在史书上为众人所知。于是他开口道："如果您真的决定了，我衷心祝愿您可以成功，到时候我一定会买一本，交给我的孩子们看。"

九

"故事到这里也就结束了，距此已有一年，或许你们年轻人很快就能读到那本书了。"

斯科特讲完后，迟迟没有人回应。

1969年的冬天，清晨，公园深处，杂乱的树枝扭曲生长着，切割着灰色的天幕。四周寂寥无人，唯有一位两

【自由叙事篇】

鬓斑白的中年男性独坐在长椅上，待了很久。

斯科特从一场大梦中清醒，他知晓旁边其实没有什么倾听者，一切不过是他的自言自语。但这些故事埋在他心里太久了，它们的重量随着岁月的流逝不断增加，直到斯科特再也承受不住这些重量，选择讲述它们以稍作缓解，即使没人倾听，也不能有人倾听。他自嘲一笑，但却停不下来，他苦笑着，一阵又一阵，直到泪水顺着脸颊留下，滴落在他手中的报纸上。

黑白的报纸上，头版的重磅新闻十分醒目，一眼就能看到："我国前情报部门总管戈尔登·威奇曼因涉嫌触犯反间谍法被起诉，或将面临高额罚款及十年监禁。"

斯科特双手紧紧捏着报纸，而后再也支撑不住，将脸深深埋入其中。

不过是一本书，不过是一段三十年前的历史，"奇谜"的影响早已微乎其微，揭露这段历史又有多大过错，又能怎样"危害国家安全"？

斯科特想不通，也不愿想，过去一年所期待的、盼望的，在无数的日夜中所构建的美梦就这样崩塌了。凝结威奇曼先生心血、记载他们故事的书就这样付之一炬，被封禁销毁，而威奇曼先生本人也被迫面临时时刻刻的监听监

347

视，甚至牢狱之灾。

"人的欲念在这世界中深深扎根，早已长成参天大树，遮蔽日月。"

斯科特喃喃道。这是威尔随笔中的一句话。

这么多年，斯科特已经收到了一张又一张的讣告，当年的战友们不断地在离去，还留在这个世界上的人不多了。他们的一生默默无闻，就连讣告也语焉不详，而走向像威尔、威奇曼先生一样糟糕的结局的人不是少数。就连艾伦，那么耀眼而伟大的天才，也因为一些荒唐的罪名受尽屈辱，被他所爱的研究排除在外。

太多太多的人被掩埋了，仅仅因为"利益需要"。

而这个世界正再次如威尔所说的那般发展着。

新的对峙涌动在看似和平的表面下，猜疑、窥探从未停止，密码被用来加密武器，监听民众。秘密世界在遮挡下肆无忌惮地蔓延着，欲念之树在其中悄无声息地生长着，又是无数新的博弈在上演。人类最终，还是将最精密的技术应用在了与彼此的争斗中。这样下去又会如何发展？人类的欲望是否最终会毁灭人类自身？

斯科特已无心思考这些问题，他知道自己不过是小小齿轮，即使参与了历史，也仍被命运摆布着、捉弄着，如今，也将要在绝望中陷落。他太累了，他好想就此放弃，假装什么都没有发生，就做一个普通人，不再追究那些过往。

"但是那些已经离去的人，我有资格替他们放弃吗？如果甘心沉没于黑暗，是否也是亲手判处了自己的死刑？"

年轻的威尔、艾伦、戴维斯……还有年轻的自己，众多故人的音容笑貌忽地浮现在斯科特眼前，他们微笑着，眼里的星星不曾熄灭。"或许，我可以再等一等，就再等一等。"

"如果有一天，我也会就这样死去，所有的一切，消散于空中。"

斯科特抬头望了望天空，冬日的太阳慢慢从灰幕中现身，洒下带着温暖的阳光。

"但我仍愿意相信，这些故事可以重见天日，即使还要等很久很久。"

顾培文
四川大学文学与新闻学院　2022级本科生

我老家的树

陈薇丹

有时候,我老觉得:树也是一种鸟。树叶就是它们丰满的羽毛,树干是覆盖着粗糙皮肤的腿,树根就是弯曲的爪。虽然自破壳开始,它们就定住了脚,它们紧抓着大地,大地也紧拉着它们,可是它们的"上肢""翅膀""羽毛",都还在生长着,一阵风吹来,沙拉拉的仿佛振翅欲飞。那一种趋光和枝干向上的习性,就是天空在它们基因里遗留的最后一丝刻痕。

有时候,我又老觉得,人也是一种树。或者说,人和树之间是有一些灵性在的。很小的时候,我看见我外婆的手背上,一段紫黑色交叉着的血管微突出来,像极了她家楼下那棵枇杷树的交错盘结的根。手指粗糙短实,皮肤上那些密密麻麻的大小缝隙里总是镶嵌着一种无论如何也洗不掉的黑色,那是泥土的文身。她就用这双手喂猪、挖番薯、开小卖部、砍柴、帮做衣服,靠着什么都能干,养大了她的三个女儿，也养活了那棵枇杷树。

这棵树并不是一开始就在那儿的。它和外婆一样，都出生在五十几里外的老渤海村。在某一个年轮记载的日子，外婆把它挖进竹篓，背在背上，翻过几十里的山路，又坐了一整天的大巴，来到云和县郊外的田边，把它种在那里。从此这棵树在那儿扎根，每年都结金黄色的枇杷。我的妈妈和姨妈们吃着一年年的枇杷，长大了，生下来的小孩——我和我的妹妹弟弟，也每年都吃那枇杷。我们常围着那枇杷树玩儿。枇杷树的树皮粗糙磨手，长着颜色混乱的青苔地衣，外婆的手也是那样粗糙，覆盖着青紫黄白的疮疤和膏药。

夏夜深浓时，从凤凰山那边吹来的晚风掀扰着树丛，掀起层层叶浪。外婆斜躺在凉席上讲起以前不知道在哪发生的事，手拢在残灯下，被小孩的睡眼蒙眬了，仿佛真成了树根，扎在席纹里。于是，梦中，我就站在田边，靠在枇杷树的树干上，依然迷蒙着眼睛；风像溪水一样流过来、流过来……流过我的脸颊，流向远远的田那边，太阳照耀着陌生的地界，明亮得仿佛没有尽头……

我三四岁的时候，遥远的景宁的山谷里面传来一个消息：老渤海旁边的滩坑那儿要修建一个水电站。当外婆知道这事时，一整个村落已然被深深淹没在漆黑的滩坑水库湖底。同年的暴雨亦冲垮了外婆家田边的土埂，把这来自渤海村的最后一棵枇杷树冲进了田边的沟涧。它那规模庞大的树根被兀然拔出，就那样沉默地暴露在天空下，徒然伸向半空中虚无的一点。

从水沟的乌泥里，外婆挖出了枇杷树的上半身，再一点一点地把它推起来，重新种到田边上。她一边扶着树踩着土，一边在嘴里用陌生的方言嚅苏着什么。

枇杷树活了过来，依然结着金黄色的枇杷。

我大了一些，开始上小学，不住外婆家了。学校在县城东，家在县城西的县委旁，我每天就坐三块钱一趟的人力三轮车回家。每次放学出校，总有一大圈黄黄绿绿的三轮车围在学校门口，车夫相互争抢着生意。其中有一位外号"僵尸""白眼老罐"的，永远毫无悬念地争抢失败。除讲话含混不清外，更因为他长相过分丑陋：黑脸上顶着一对病眼，一只眼永远向上翻着，眼珠是病态的白灰色，几乎和眼白相混淆；另一只略正常些，但眼珠也浑浊着，老是间歇性地、没法自控似地抽抽。每抽一下，看见的人心里也不由得跟着一抽。

小学生里，只有我坐"白眼老罐"的车。因为三轮车费无论距离都是三元,大多数三轮车夫都不愿意去远在城那头的县委。而"白眼老罐"不仅乐意去,还只收我两块。他在前面蹬车,我在后头坐着,看不见他的眼睛,一切便也和谐。坐了几次他的车后,"白眼老罐"便开始习惯性地在校门口等我放学,无论早晚。有时候,一些老师要坐他的车,去广场、去菜市场,破格升价,但他还是不肯,要等我放学,把我送到我家楼下,再去送别人。

从学校到我家,经过的是全县最热闹的中山街。中山街多风,路两旁的樟树树冠总是相连着翻滚着,像两条长长的绿云。樟树的叶——纺锤形的,滑而薄,总是被风携进三轮车的后座。中途路过青少年宫,阶梯下边,一棵特别的樟树从墙里钻扭出来,歪歪斜斜,黑瘦狰狞,和"白眼老罐"非常相似。毕竟他总是穿着拖鞋,裤脚拧到膝盖上,那树皮似的深黑色鳞垢贴在皮肤上,从小腿肚一直到脚后跟,看得人起一身鸡皮疙瘩,却又忍不住再看。等天冷了些,他仍穿着拖鞋,那"黑树皮"便开始发白发裂,仿佛涂上了防寒的石灰。

一路上车流来往,喇叭喧鸣,衬托之下,"白眼老罐"更显沉默,只有脚下的轮轴铁链嘎吱作响。樟树枝丛掩映着街旁的商铺,商铺之上是老旧的居户,马赛克砖墙,蓝绿玻璃窗，有的窗框还是木头的，一扇扇，被我看得很熟。我常想象里面装裱的无数不同的人生：住在里面的都是什么人？他们每天都干些什么？小时候是什么样子？现在正在哪里？……

大街上的人各自都属于一扇窗户，"白眼老罐"呢，从哪里来，又住在什么地方？

有一次放学，我看到"白眼老罐"有一只眼睛的眼角很红，仿佛是出血了。究竟是被什么东西不小心砸到的，还是眼病恶化了导致的，我不知道。我也不知道自己是否该问问——生出这样的想法，我自己也觉得惊奇。然而，就算问了，又真的能听清楚他在说什么吗？即使听清楚了，我又要说些什么？

就这样想着，想着，一路上，最后还是什么都没有问，什么都没有说。直到家楼下，付钱的时候，才开口暗示道："我今天带了六块钱。"

然而他好像没听到似的，拧了拧鼻子，和往常一样含混不清地报价："两块。"

我说："我给你五块吧。"放了五个硬币到他手里。

我没法看他的眼睛，于是便盯着那只两面异色的手，连同掌心的五个硬币，死死地印在我眼中。遥不可及的理想是:"白眼老罐"像品德课本的插图故事里说的那样收钱入袋,说声感谢,如同念着台词;然而,他只是"嗯?"了一声,模糊地重复道:"两块嘞!"

然后,我忽然听到有人叫我的名字。我回过头去,看到下班回家的妈妈走了过来。"白眼老罐"还给我三个硬币,便嘎吱嘎吱地踩着他的三轮车走了。

妈妈走近了,问道:"你在干嘛?磨磨蹭蹭的。"我说:"给三轮车付钱哪。"她说:"那个人眼睛怎么——那样哦!还能骑三轮车?"我什么也没能应答。到家以后,却坐在沙发上,开始哭了。

妈妈说:"干什么啦,有什么好哭的,都这么大一个人了!"

是挺大一个人了,喜欢不带家长就和朋友出去玩,一起逛在街上,仿佛触摸到都市剧女角们的氛围感,是一种被允许的叛逆。接近青少年宫,远远地就看见一群三轮车停在那棵钻墙而出的大樟树旁,等着补习班下课。车夫们聚在树下乘凉,或蹲或立,说着我听不懂的方言。

我和朋友说着话。我看见那些三轮车夫;我想到了"白眼老罐"。我想着:周末学校没人了,"白眼老罐"大约就会来这揽客。然而我不想遇见"白眼老罐"。但我为什么不想遇见"白眼老罐"？——我想着，又和朋友说着话。但还没等我想到为什么的时候，我已经看见了"白眼老罐"。大约是他，那双病态的突出的眼，比旁人大上许多，纵使隔着距离，也仿佛视野里的两个白色空洞，让人难以忽略。他大约也看见了我，头转过来些，站起身。但我已经转过了头。和朋友说着话，眼睛望向行道前方，不知道什么时候算是走过了青少年宫，只是视野里仿佛还有那两戳空洞，填补不满。

那时候，外婆家楼下的那棵枇杷树，也已经死去一年了。就是在我快十二岁的时候，又是因为暴雨，它又被冲进了田边的水沟里，树干拦腰折断，再也没能活过来。它死的时候，外婆正在市医院里治疗胰腺癌。第一次手术后，她的状态有点转好，闲聊中对我们说道："出院以后，我还蛮想去渤海看看的。"然而，不久后的某个晚上，我又梦见自己站在那棵已经死去的枇杷树旁，它沉默着，粗糙的树干紧紧靠着我的手臂，叶子在强烈的阳光下闪烁着金属样的光泽，向着那我陌生的地界，仿佛是在燃烧。第二天起来，我就被告诉说：外婆去世了。

她不知道枇杷树死在她前面。

小学六年级的最后一个月，坐在从学校回家的三轮车上，我看着两旁的行人、车流、樟树，想着：要不要告诉"白眼老罐"我要毕业了？我考上了外地的中学，再过一段时间，就永远不会来这儿上学了。就这样想着、想着，我就始终还是没有告诉他，我什么也没有说。什么都没有说。……什么都没有说。还是什么都没有说。正似外婆离开村子的那天记忆已经付诸尘埃，我也不记得和"白眼老罐"的最后一面是何时何景。过了几年，就和外婆当年从渤海村搬来云和县城一样，我们全家都从云和搬去了市里。偶尔回一趟云和，街上已然看不见哪怕是一辆三轮车，取而代之的是满街满巷的共享单车。青少年宫不知搬到了何处，外面矮墙上的那棵樟树也被砍掉，被一棵新的树替代了。

我永远也不会再见到"白眼老罐"了。

爸爸曾经对我说："你们这一代人是没有乡愁的。"现在我们有自己的车，有公路。年轻人的返乡似乎总是没有什么代价的。

但是，我老是觉得，纵使我真的是一棵树，我的根也不会是"云和"——不是一个地名，也不是一个地理坐标，不是那个坐标上的那个小城，而是我外婆的枇杷树、青少年宫前的瘦樟树、我家楼下的白玉兰树、理发店前的广玉兰树、幼儿园门口的大柏树……是一个已经死掉的，我再也回不去的云和。有某一种力量，就像是滩坑水库的宏波一样，把它裹挟而去，不知所踪。但我的云和也还活着。在一棵树的种子萌芽之前，我的云和已然融进了她的骨血，它告诉她如何作为土地的孩子降生，又如何向天空伸展鸟翅般的枝丫，但不是为了像普通的鸟儿一样飞，而是就那样……生长着、活着、感觉着，把经历自己的命运和铭记经过的命运，变成另外一种倔强的飞翔。

陈薇丹

四川大学文学与新闻学院 2021 级本科生

【自由叙事篇】

想念一杯星巴克

星池

因为父母工作很忙,我从小被养在姥爷家。比起父母,我和姥姥姥爷更亲近些。在我十岁那年的秋天,舅舅家的妹妹出生了,于是姥姥姥爷就到舅舅所在的城市帮忙带孩子,这好像是每个身体健康的老人在中国传统家庭里不容推辞的"使命"。离开的时候,姥姥抱着我哭了一场又一场,姥爷什么都没说,只是把我的自行车擦得锃亮。

有个冬天,姥姥和姥爷来看我。姥爷提前说好要来接我放学,我记得在我小学的时候,他就对于到学校开家长会这一类有关我学校和学习的事情十分热衷。他问我想要点什么,我犹犹豫豫地说,想要一杯星巴克。

当时我刚从小县城考到小城市的初中,城市里的一切都那么新奇。很多个早课,班级里有几个同学桌子上放着的白绿相间的纸杯,好看的杯子里散发出的咖啡香气——在那之前我从没尝过这东西——让我好奇又渴望。我小心

359

翼翼地说出这个有些拗口又陌生的名字,脸涨得通红。我不知道它多少钱,甚至不知道该在哪里去买,但我认为它不属于我。带着一个孩子稚幼的虚荣和淡淡的自卑,说来好笑,它甚至成了我的一个梦。姥爷在电话的那头顿了一下,和我一样生疏地重复了一遍那三个字,然后电话里传来的是让我雀跃又忐忑的一句"好的"。它轻飘飘的,却像是一句承诺,承诺了一件公主裙一样,满足着我青涩的小心思。我甚至不敢问一句"姥爷你知道在哪里买吗",就急匆匆地挂断了电话。在那天放学的门口,我看到了和同学桌上一样的,白绿相间的,纸杯子装着的,热腾腾冒着咖啡香气的,一杯星巴克,和站在校牌旁边的姥爷。姥爷还穿着那件我熟悉的灰色棉袄,是我小学时和他一起在集市上买的,他说暖和极了。但是东北的朔风还是给他的耳朵和长了老人斑的脸挂上了红色,他微微笑着看我跑向他,像我小时候无数次扑向他怀里一样。

一晃六七年过去了,我已经不记得当时那杯星巴克的味道,在记忆里留下的只有舌尖的热度和姥爷被风吹得泛红的脸。家里的条件在变好,年龄和经历的增长也让我对"星巴克"的态度从当初那份小小的虚荣与新奇变成了习以为常,甚至有些嫌弃它过甜的口味,渐渐地也不再踏入它的店门，不再像儿时那样对它魂牵梦萦。但它却偶尔会在我发呆的空当儿出现在我的脑海，连同姥爷的身影，让我无比想念。

高二那年，我到舅舅家过寒假。刚一进门，一年多没见面的姥姥就张罗着把大鱼大肉端上桌。我的目光在房间里急匆匆地寻找姥爷，却撞上了一个熟悉的棕色纸袋，上面绿色的图案让我一愣，我把和当年同学桌上一样的，白绿相间的，纸杯子装着的，热腾腾冒着咖啡香气的，一杯星巴克，取出来，还是温热的。"姥爷呢?"我轻声问，嗓子哑哑的。姥姥端过来一杯水，"我叫他给我买瓶醋，他一大早就没了人影，跑那么远就买了杯这东西，说他大孙女爱喝。刚回来没多久。我让他下楼买醋去了。这东西哪有白开水解渴啊……"姥姥絮絮叨叨地说着姥爷多不靠谱，说着中午的饭菜，说着白开水对身体有多好。我一声声应着，却好像又看见了那个冬日，校门口裹着旧棉袄的老人，他泛红的脸颊，他炯烁的眼神，他曾为了孙女的小心思走进他本可能这辈子也不会知道的咖啡店，看着眼花缭乱的展示菜单向柜台说着中英掺杂对话的服务员买一杯他孙女想喝的星巴克。他现在也一样。孙女的心思被他记了六七年。我的泪很快地流下来了。

姥爷推门走进屋，见我捧着那杯咖啡，微瞪了眼睛，眼神里没有一点老人会有的疲惫和浑浊，满满的欣喜快要溢出来，一边把醋递给姥姥，一边柔声问我，"好喝吗？还是那个星巴克。"那三个字生硬又刻意，一如我当初的小心思。星巴克早就不是一杯咖啡，姥爷一直知道。他知道我一个乡下孩子初到城市里的自卑，他知道我偶尔的骄纵会让我不自信的心得到怎样的欢喜，他总要尽全力给我最好的，因为我从小就是被他捧在手心里的宝儿。"好喝。"我慌慌张张地抹了一把脸上的泪，怕他看见。姥爷理了理风吹得有些凌乱的头发，我赶紧过去搀他。还是那件灰色棉袄，却变得很单薄，不知道那句重复过无数次的"很暖和"是否在我的记忆里出了差错。眼泪汹涌着，连同他深沉的爱，在这个房间里，在那天的校门口。

　　很多年后，我坐在大学的教室里写下这些文字。成都的初秋并不寒冷，甚至不如东北的末夏。但我无比地想念一杯姥爷递来的咖啡，和当年同学桌上一样的，白绿相间的，纸杯子装着的，热腾腾冒着咖啡香气的，一杯星巴克。

星池，本名陈星池
四川大学文学与新闻学院 2022 级本科生

【自由叙事篇】

吃柚子

史晨雨

蟋蟀早夏歌唱。

打过交道的蚊子只是吸血和吵闹。

夜蛾的两对眼睛，一对朝着灯光，一对朝着我。灯亮着，夜蛾犹犹豫豫，停靠在墙上思考，要不要飞过去？或者其他什么问题。

还有一种迷你黑豆的小虫，不吸血，不出声，但是老是爱在人身上爬来爬去。我们之间其实没什么过节和冲突，但要吸我血的虫实在太多，导致我对它也放心不下。

姨妈侧躺着，身体安心地放在床上，床和姨妈之间隔着凉席，糖色。竹本来是翠绿的竹，立在那里自信又年轻；现在被一块一块编在一起，看起来像一张糖玉，很慈祥。从竹到凉席，性格、生命和物种都发生了改变。被子让姨妈成了蛹里的孩子，今晚睡一觉，经过明早挣脱出被子的考验，就获得了新生命。

……

  这些是以前的十九年到刚才的一秒钟之间的回忆，他们都曾经在这间屋子里被我看见，这一秒我关上了灯。我有两个眼睛，但内外一片漆黑。看不见自己的长相、行为，盖没盖被子，皮肤的感觉，这些即使没有眼睛也知道。做不到闭上眼睛把眼球使劲向内看。

  关上了灯就不能再打开手机，不然蛾会飞到手机的屏幕上，虫会聚在我的身上。十月的室内，没有喜欢和接近昆虫的理由。

  找出接触不良的耳机戴上，摆弄了很久耳机的接触口，小心翼翼地把耳机线固定好。使用故障的耳机很有意思，因为这种耳机很难发出声音，必须要努力地调试：把线拉紧一点呢，稍稍偏左一点呢，接触端松一点呢……只靠耳朵和手，不知方向又知道方向的反复，耳机线里面有更细的线，接触口的电流是要通过的针孔，颤颤巍巍地在最小的范围里寻找，线穿过针孔，音乐才能流通。

  开始播放。在接触不良的耳机形成的枷锁下，我小心翼翼躺好，不敢翻来覆去。我静止了，时间和想象的浓度变得很高，这样的糖浆里，什么都行动迟缓。几乎处于凝固的状态,没有语境,什么都可以仔仔细细地看一看,看是眼睛感受到的幻觉。

糖玉变得很凉快,可能它以为这样的人是一棵树,它的植物兄弟,于是又自信又冷冽。竹块想要透过皮肉和骨骼讲话。皮肤和头发嵌进编织的缝隙中,竹块之间细密的微小的空气流通,几乎知道皮肤的纹路和汗毛在哪里生长,头发被吹拂着,好像丛林里的大树被微风吹拂着。左耳贴着竹席,耳骨夹在头骨和竹席之间有一点点痛,轻微但连续的"呜——",不知道是竹席的声音还是耳朵空旷的回音。

右耳耳机的音乐响了。第一首歌是《乐园》,独唱的女孩,鼓声,吉他,和声的人们,造景的磁带。在没机会分心的夜里仔细地听着歌,不可避免地听到了每一个发声的物体。耳朵正在很大程度上发挥作用吗,耳朵是在思考吧。复杂的耳朵,里面说不定有更复杂的东西,毕竟所有东西都是一点点到完整。那么多的一点点,分工抓住耳机流出来的音乐,聚在一起,就像发酵一样做出一首完整的歌……

身边的音乐都响起来了。歌声,虫子扇动翅膀、爬行等等的声音,还有房间里"呼呼呼呼呼呼,咔哒"的老老的电风扇，电风扇吹动塑料袋……外面的流水的风声，知了十月份有气无力的歌，竹林"沙沙唆唆"，甚至有猫咪的呼吸，狗的呼吸，鸡的呼吸……我的呼吸，我和竹席摩擦的声音，我挠痒的声音，跳动的动脉声……我努力地把所有声音合在一起，心里有点憔悴，也很感动。"呵嗝，呼——呵嗝，呼——"姨妈的呼噜声突然加进来，我也听到了微笑的声音……

突然想要写点东西，倒不是真的有什么要抒发出来的，只是觉得写点什么的场景很美，想写点什么的感觉很清甜，但是如果真的拿起笔、掏出纸、架好胳膊，能写出什么就是另一回事了——那些"东西"还窝在我的心里，何况树脂样的空气，我实在动弹不得。但琥珀的美丽，想想也很高兴。写点什么吧？可是不能开灯，虫子会全都飞过来的！黑夜中动笔，不用眼睛而只凭借手和笔和纸之间的感觉来写，就像在大草原上放牧的人，看不到整个草原，脚丫就是坐标吧。白天看见这样写下的纸会是什么感觉呢？我看着我表演，镜中的胶片机。

虫子落在身上，它一爬动我就发现了，抬手捏死一只，软软的，黏黏的，手上沾着的是谁的血。幸好是在黑暗里。一旦和虫子相关了，我就不能避免地关注虫子，合

【自由叙事篇】

在一起的音乐落下去了，蚊子嗡嗡叫的声音就在耳边。怎么到处都是虫子呢？是风吹动汗毛还是虫子爬动，顾城变成弹琴的蟋蟀，卡夫卡也变成大甲虫，究竟是变成哪样的虫子？虫子爬到虫子身上。

胳膊痒痒的，痒痒地想起来下午去摘柚子时，胳膊肘被叮咬得都是密密麻麻的包，像柚子疙疙瘩瘩的果肉。一只手弯折送给嘴巴弯弯的柚子，一只手折叠给送柚子的手肘搔痒。搔痒的手好辛苦，送柚子的手好痒，嘴巴好幸福。嘴里品尝到的酸甜和汁水完全没有削弱胳膊肘的痒，各个部分可以同时思考。

蹲在地上一边吃柚子一边看外婆和姨妈摘柚子。外婆和姨妈谈着柚子成熟了、柚子烂掉了、最漂亮的柚子挂在最高处……重庆话听懂了却记不住，只听到了内容，却听不见语言，"……"，"……"。没有真的理解的没办法用笔写下来，但那些语言成了一首歌，我记得的是旋律，但歌词通通忘记了。如果只是听着，不知道歌词也没关系，毕竟那种亲切的、温暖的、复杂的感觉依旧记得。音乐是象形文字。

红色的土地，蓝色的天空，长不高的水稻，高高的柚子树，手里米色的柚子肉，柚子肉也很像米……远处好看极了，远处和近处一样，蹲在地上抠痒，快快吃掉手里的最后一牙柚子，心里生起气来。叫叫舅舅和姨妈，手肘太痒了想回家。

快傍晚的太阳还是会让我担心会不会把我晒黑，周围是不是还有很多小虫子，小虫子是不是还是会咬我。我扇着手，扇走周围的昆虫，扇走太阳光，扇不走生气。是哪里在生气呢？脚也快快地重重地踏着，"走下坡路呢"是对土地找的借口。走过一家的猪圈时，我快快地跑过，稍稍远离时才开始呼吸，闻到的一丁点气味残留也在心里滴了一滴墨水。回家会路过一个水田，小鸭子在玩耍，小鸡啄米小鸭喝水，大大的蚊子还有蜻蜓在水田上面掠来掠去，掠字让人看起来想读琼，琼色的小鸭子不怕掠过的蚊子。上午赶小鸭和小鹅回家的老人挑着水走过，我侧身，脑袋里是掉进水里的画面。走过竹自然围成的栅栏，走上回家的石板路，隔壁的狗对着我一通狂叫，懒得理它，没有对着他狂吠的心情。终于走进家里的院子。院子进入屋子只有七步远。好玩的东西很多，我只看见进屋的那条路。

回家坐在沙发上，胳膊上的包越来越多了，肘子上有十五个包，小臂上有八个，手腕上有三个，手背上有六个，手指上有四个。好哇，仅仅是一条胳膊！每多数出一个我就更生气一些，但是这种生气里还伴随着一种成就感和愉悦感。就像小时候狠狠地跌了一跤，大哭的哭腔里有着骄傲，撅起嘴来的得意。

姨妈背着一箩筐的柚子，和舅舅一起回来了。过来看看我身上虫咬的包，要给我擦花露水。我拒绝了擦花露水，心里总觉得这不是蚊子咬的，而是过敏。想到会不会是过敏，心里有一种隐约的期待和害怕，期待着更大的困境中更可怜和得意的我，害怕着这种期待的代价。"会不会"后面常常伴随着更加危险的事，但是却不仅仅是担忧，还有更多复杂的情感和渴望。

在学校也常常过敏，想起来在学校第一次过敏那天，两点钟还在打针的那天，在病房哭哭啼啼的那天。那一天的难过和生气也像包饺子一样包进肘子皮里，胳膊肘的关节是一块怨恨的骨头。"小雨不是说还要回到乡下过暑假吗？"姨妈逗我。我拿起一大牙柚子，狠狠地吃起来，可是柚子的果肉只能一块一块地掰下来、咬下来，柚子的口味清清的酸甜，拳头打在棉花上，我吃掉柚子。

楼下的客厅对院子是敞开的，穿堂风吹过，鸡摇摇晃晃，猫悠悠忽忽，我坐在沙发上吃柚子，胳膊肘在发火。柚子的果肉总是容易掉出来几粒，掉在我周围，大胆的公鸡带着它的团伙过来吃我脚下的柚子。为了让它们统统滚蛋，我把柚子掰成一小块一小粒，撒到远远的地方去，一群鸡往东，一群鸡往西，一只鸡吃掉，另一只巴巴地看一眼又开始在地上寻找。没打起来，遗憾着没有争斗，庆幸着没有争斗带来的代价。如果打碎花瓶，如果大声地说话，如果揍一顿这个小孩，要支付什么程度的代价。

五分之四，鸡着急地跑过去，离我远远的；五分之三，不争也不抢；五分之二，有几只陆陆续续跑来我脚边找柚子，明明都扔在远处；最后的五分之一，脚边的鸡越来越多，胳膊肘好痒。带着仇恨地吃掉柚子，可是鸡毛都没掉一根。鸡把人赶走了，拿着半个柚子，逃回到电风扇呼呼的卧室。

柚子皮剥下来一堆一堆，两半脑，一半看书，一半吃柚子，没有浪费果肉。吃光了，躺下来继续看书。电风扇呼呼呼呼，我通通听不见。爬在我身上虫子都没有了，顾城的虫子来到，胳膊肘子被消了气，火气痘变光滑了。第一页是剥柚子的手黏黏地和纸张讲话，最后一页是姨妈说"小雨去吃饭哟"。

【自由叙事篇】

吃,"吃尕尕,"外婆说的。电风扇开了,舅舅开的。"要不要吃米饭,"姨妈问的。胳膊肘的火气跑掉了,也有点恍惚,突然很明白主语的意义。

但是来不及思考,肚子就鼓鼓的,嚼碎的米饭和柚子和在一起,成为柚子味的糯糯团子。还有吃掉的菜,一起包个珍珠团子。食物联系又打结。

对着浴室的镜子,白白的胸脯下面是白白的圆肚子,非常可爱。小时候弟弟的肚子圆圆的,妈妈说那是宝宝肚子。可是乳房是切片面包,可是洗澡很麻烦,可是舅舅家水管下午出了点问题,水温滚烫或者冰凉,可是在水快速变温的间隙快速地冲洗。冲了几下就过去了几十秒——胳膊花费的时间、背花费的时间、腿花费的时间……长度和大小可以用这种方式丈量。在想这些的身体直直地盯着地板,地板成为下坠的肠胃;转而看向窗外,目光在肠胃里打结。天黑了。

竹林摇摇晃晃,沙沙沙沙,洗澡水淅沥淅沥……

又躺在床上。"小——雨哟,洗完澡了吗?""是——哟。""哇——那我们睡觉好咯。""好的呀。""那你帮我给我手机充电哟——""很荣幸哟——""哇,我好高兴哟——"姨妈睡着了。姨妈和外婆说话用重庆话,大家投来的语言有很多这样长长的语助词,可爱得夸张,夸张得可爱。沾着沉重的甜腻的米粒和脂肪,隔壁房间的腻子刀掉下来,但没有吵醒姨妈。

越来越多的虫子寻着屋里的光飞进来,只能关上发光的物体。耳机里的歌,飞到身上的小虫……

梦里的掌握的第一句是"小雨好乖哟"……

史晨雨
四川大学文学与新闻学院 2021 级本科生